EMILY BOLD

THE DARKEST RED
IM DUNKEL VERBORGEN

ROMAN

AF130199

The Darkest Red: Im Dunkel verborgen

Eine Forschungseinrichtung im Herzen Londons wird für die Hüter der Wahrheit zu einer tickenden Zeitbombe. Das größte Geheimnis der Christenheit, das seit Jahrhunderten im Dunkel verborgen war, droht nun die Welt in den Abgrund zu stürzen.

Nach den fatalen Erlebnissen in Rom und Juliens Gefangennahme flüchten sich die Hüter mit Fay und ihrer traumatisierten Schwester in das geheime Versteck nach Irland. Doch die Sicherheit trügt, denn ohne ihren Anführer herrscht plötzlich Misstrauen unter den Männern, die so lange Zeit wie Brüder füreinander einstanden. Die Ereignisse überschlagen sich, als der Verräter aus ihrer Mitte zum alles vernichtenden Schlag ausholt und ihre Feinde der Wahrheit immer näher kommen.

Autorin

Emily Bold lebt mit ihrer Familie in einem idyllischen Ort in Bayern mit Blick auf Wald und Wiesen - äußerst ruhig und inspirierend. Sie schreibt Liebesromane, Paranormal Romance und Jugendbücher.

Titel von Emily Bold

EMILY BOLD

IM DUNKEL VERBORGEN

DARKEST RED 3

Deutsche Erstausgabe 2014

http://emilybold.de
http://thecurse.de

Herstellung und Verlag: Books on Demand GmbH, Norderstedt

ISBN 13: 978-3-7386-0545-7

„NUR WER DUNKEL IST MIT DER NACHT, WIRD MIT DEM MORGENROT ERWACHEN.“

Khalil Gibran

Das Erwachen

---◆---

Rom, heute

Dunkelheit. Julien Colombier erwachte in absoluter Finsternis. Kurz fragte er sich, ob er die Augen wirklich schon geöffnet hatte, so durchdringend war diese Schwärze. Er atmete tief ein und blinzelte. Es half nichts. Alles um ihn herum blieb im Dunkel verborgen. Als er sich die Augen mit den Händen reiben wollte, hielten ihn schwere Ketten an den Gelenken auf dem harten Untergrund fest.

„Verdammt", fluchte er und versuchte, die Beine zu bewegen, aber auch diese lagen in Ketten.

Wo zum Teufel war er? Die Luft war feucht und roch muffig, es war kalt, und jeder Knochen tat ihm weh.

Julien spürte, wie sich sein Atem beschleunigte, wie das Adrenalin durch seinen Körper rauschte, und die Kälte in seine Haut biss. Dass dem so war, war ein Wunder, denn auf dem Petersplatz hatte sich eine Pistolenkugel in seine Brust gefressen. Wann war das gewesen? Wie viel Zeit war seitdem vergangen? Es drängte ihn danach, die tödliche Wunde auf seiner Brust zu ertasten. Sie hatte Spuren hinterlassen, das fühlte er. Er war im Kampf gefallen. War gestorben – und doch hatte ihn das Elixier zurückgebracht. Julien schloss die Augen und fragte sich, ob er darüber Erleichterung verspürte? War er froh um den Schutz, den

7

ihm die *Wahrheit* gespendet hatte? Oder wäre es nicht eine Befreiung gewesen, nach über neunhundert Jahren endgültig dem Tod zu begegnen?

Das Bild einer Frau, das in seiner Erinnerung auftauchte, war ihm Antwort auf diese Frage. Fay! Er sah ihr leuchtend rotes Haar, sah ihr Lächeln und die Leidenschaft in ihren haselnussbraunen Augen, als sie sich geliebt hatten. Von all den Leben, die er bereits gelebt hatte, würde er jedes geben, für eines an Fays Seite.

Entschlossen rüttelte Julien an den Ketten. Er musste diese Dunkelheit hinter sich lassen. Er musste zu ihr. War es seinen Männern wenigstens gelungen, sie und ihre Schwester Chloé zu retten? War Fay in Sicherheit, oder war am Ende alles umsonst gewesen?

Der Stahl der Ketten riss seine Haut auf, gab aber keinen Zentimeter nach. Juliens Bemühungen waren vergeblich, und es schien ihm, als verspotte ihn die Schwärze. Heftig atmend gab er auf und versuchte zu ergründen, wo er war, als ein Geräusch seine durch die Finsternis geschärften Sinne aufrüttelte.

Julien presste die Lippen zusammen, als er das Klacken von Absätzen auf Stein erkannte. Hart, präzise und entschlossen. Er ahnte, zu wem diese Schritte gehörten, und verspürte kein Verlangen, herauszufinden, ob seine Vermutung zutraf.

Ein Schlüssel wurde ins Schloss gesteckt, Metall knirschte, und schließlich blendete ein heller Lichtstrahl so stechend, dass Julien nicht mehr als nur eine dunkle Silhouette wahrnahm, ehe der Schmerz ihn zwang, die Augen zu schließen.

„Julien Colombier. Ich hoffe, du genießt meine Gastfreundschaft."

Marzia Coluccis Stimme klang süß, aber ihm entging der eisige Unterton nicht. Die Schritte kamen näher, und er fühlte ihre Finger über seinen Arm streichen, dort, wo die Fesseln in sein Fleisch geschnitten hatten. Er öffnete die Augen und sah seine Feindin an.

Das pechschwarze Haar fiel bis in den tiefen Ausschnitt ihrer Bluse. Ein goldenes Kruzifix baumelte an einer Kette zwischen ihren Brüsten und betonte ihren schlanken Hals und die weiblichen Rundungen. Sie trug einen kurzen Rock, der ihre langen Beine noch länger erscheinen ließ. Und trotzdem wirkte sie in diesem dunklen Gemäuer nicht fehl am Platz.

„Ein Kerker, Marzia? Ketten und alter Stein? Ist das nicht ein wenig ... altmodisch?"

Marzias Lachen hallte dumpf von den feuchten Wänden wider. Sie bedeutete ihrem Begleiter, der sich wie ein Türsteher im Eingang postiert hatte, eine Fackel in die Wandhalterung zu stecken und die Tür hinter sich zu schließen. Erst danach wandte sie sich zu Julien um.

„Altmodisch ... gut möglich, aber diese Art der ... *Unterbringung* hat sich über so viele Jahrhunderte bewährt, dass ich annehme, es gibt einen guten Grund dafür. Womöglich gefällt es mir aber auch einfach, dich hier zu wissen, wo niemand deine Schreie hören kann."

Sie strich ihm über die nackte Brust, umkreiste mit dem Finger die gerötete Wunde. Julien zuckte unter der Berührung zusammen.

Er war an dieser Verletzung nicht gestorben, aber er empfand den Wundschmerz genau wie jeder andere. Marzia wusste das. Und sie genoss es, ihm ihre Macht zu demonstrieren. Noch einmal drückte sie lächelnd auf die Wundränder.

„Und gerade jemand wie du, Julien, sollte sich doch in so finsteren Löchern wie zu Hause fühlen. Sag mir, warum bist du mit deinen Männern aus eurem Loch gekrochen, in dem ihr euch und die *Wahrheit* so lange versteckt gehalten habt? Warum musste es so kommen? War dir das, was die Kirche in all den Jahrhunderten für euer Schweigen bezahlt hat, nicht mehr genug?"

Ihr Fingernagel riss an seinem Fleisch, und Julien keuchte. Der Schweiß brach ihm aus, und er verfluchte die Ketten, die ihn Marzia so hilflos auslieferten.

„Was willst du hören, Marzia? Warum glaubst du, ich würde dir meine Beweggründe erläutern? Hast du – etwa passend zu diesem Kerker – einen Folterknecht, der die Wahrheit aus mir herausholen will?"

Marzia strich sich das lange Haar auf den Rücken und setzte sich neben ihn auf die Holzpritsche, auf die er gekettet war. Sie sah gut aus. Entspannt, denn sie hatte die Fäden in der Hand. Julien spürte ihren Blick, der über seinen ausgestreckten Körper, über seine Hose, seine Brust, bis zu den Ketten an seinen Handgelenken glitt.

Sie befeuchtete ihre Lippen und beugte sich über ihn. Selbst im Schein der Fackeln konnte er das kurze Aufflackern böser Erinnerungen in ihren nachtschwarzen Augen erkennen.

„Ich brauche keinen Folterknecht, Julien. Nach all den Jahren, in denen ich der Grausamkeit des Wanderers ausgeliefert war, weiß ich alles über Schmerz, was es zu wissen gibt."

Ihre dunklen Wimpern warfen Schatten auf ihre hohen Wangenknochen, und ihr Atem strich Julien heiß über die Wange. Er glaubte ihr jedes Wort, als sie sich mit ihrem ganzen Gewicht auf seine Schusswunde stützte.

Julien biss die Zähne zusammen, denn er wollte ihr nicht die Genugtuung geben, ihn schreien zu hören, aber der dumpfe Laut, der sich dennoch seiner Kehle entrang, verriet ihn. Ohne die Ketten, die in sein Fleisch schnitten, hätte er ihr das zufriedene Grinsen aus dem Gesicht geprügelt.

„Du bist ein Verräter, Julien", erklärte sie im Plauderton und fing einen Schweißtropfen von seiner Stirn mit ihrer Fingerspitze auf. „Du hast unsere Abmachung gebrochen und dem Wanderer ein Druckmittel gegen mich und die Kirche in die Hand gegeben. Und nun bist du in meiner Hand – eine interessante Entwicklung, wie ich finde."

„Und was genau … willst du daraus machen, Marzia?", fragte Julien um Ruhe bemüht, die er nicht empfand, denn die kaum unterdrückte Wut in den dunklen Augen seiner Feindin ließ ihn frösteln. Der Nachhall der Qual in seiner Brust benebelte noch immer sein Gehirn. Er wusste nur zu gut, wozu Marzia fähig war. Die Bilder von Alessas Mutter würde er nie vergessen. Man hatte ihr den Arm abgeschlagen und sie dann – als grausame Botschaft an Julien und seine Männer – zum Sterben vor dem *Bocca della Verità* abgelegt. Vielleicht hätte er doch besser sterben sollen!

Marzia erhob sich und sah verächtlich auf ihn hinab.

„Willst du das wirklich wissen, Julien?"

LÜGEN

———◆———

Fay saß mit geöffneten Augen am Bett ihrer jüngeren Schwester, aber sie sah nicht das weiße Laken oder Chloés blasse Haut vor sich. Das Bild, das immer und immer wieder in ihren Gedanken erschien, war das von Julien am Boden liegend, während Dutzende Gardisten mit ihren rubinglänzenden Hellebarden auf ihn zurannten. Es fiel ihr schwer, nicht durchzudrehen, wenn sie daran dachte, dass Juliens Männer ihn schutzlos zurückgelassen hatten. Wie hatten sie das nur tun können? Befehl hin oder her – sie wollte nicht glauben, dass Julien damit einverstanden gewesen war. Nur Lamar war in Rom zurückgeblieben, um zu sehen, ob es für den Mann ihres Herzens, den Mann, in den sie sich verliebt hatte, überhaupt noch Rettung gab.

Dabei starb sie vor Sorge um ihn. Er beherrschte ihre Gedanken, wenn sie wach war, und kam zu ihr, wenn sie träumte. Immer und immer wieder rief sie sich jeden einzelnen Moment mit Julien in Erinnerung, weil es das Einzige war, was ihr von ihm geblieben war. Sie fragte sich, wann genau sie sich in ihn verliebt hatte? Wann der Moment war, als sie ihr Herz an ihn verloren hatte. Wie schnell das alles geschehen war …

Trotz der kurzen Zeit, die sie sich nun kannten, zweifelte Fay nicht an ihren Gefühlen für Julien. Er war wie ein

Sturm über sie hereingebrochen und hatte ihre Welt auf den Kopf gestellt. Es gab kein Morgen ohne ihn – das durfte es nicht geben, weil das Gestern ohne ihn schon kein Leben, sondern nur ein Existieren gewesen war.

„Ich denke, dass du keinen weiteren Mann brauchst, der sich an deinem Anblick ergötzt. Du brauchst vielmehr jemanden, der dir zeigt, dass du es wert bist, mit Respekt behandelt zu werden", hatte er zu ihr gesagt und damit eine Hoffnung auf ein besseres Leben in ihr aufkeimen lassen. Was, wenn er der Mann war, den sie brauchte, weil er der Einzige war, der ihr jemals mit Respekt begegnete?

All diese Gedanken machten sie ganz schwindelig und ihr ihre eigene Hilflosigkeit nur noch bewusster. Was half es ihr, zu erkennen, wen sie liebte oder dass sie liebte – und zwar mit jeder Faser ihres Seins –, wenn sie nicht wusste, ob dieser Mensch noch am Leben war?

Matt ließ Fay ihren Blick durch die schmale Klosterkammer gleiten. Die Wände schienen immer näher zu kommen, je länger sie auf die groben Sandsteinfugen starrte. Das hölzerne Kruzifix mit dem leidenden Jesus hatte keine beruhigende Wirkung auf sie, stattdessen fühlte sie sich vom Heiland beobachtet. Entnervt fuhr sie sich durch die roten Locken und kämpfte den Drang nieder, aufzustehen und hinaus in die Halle zu gehen, um zu hören, ob es Neuigkeiten aus Rom gab. Ihr Platz war jetzt hier an der Seite von Chloé. Hierauf musste sie sich besinnen! Ihre Schwester brauchte sie, nach allem, was diese als Gefangene des Wanderers durchgemacht hatte.

Zärtlich griff Fay nach der kalten Hand ihrer Schwester und zog ihr die Decke ein Stück höher. Im Gegensatz zur schlichten Kammer wies die seidenweiche Decke wieder auf den Wohlstand der Hüter hin, den sie schon in Paris erahnt hatte. Cruz hatte ihr erklärt, dass die Schlichtheit des Gebäudes nur Teil ihrer Tarnung sei.

Insgeheim war Fay froh um diese Art von Luxus, denn sie hätte keine grobe Wolldecke an Chloés geschundenen Körper gelassen. Beruhigt registrierte sie Chloés gleichmäßige Atmung und die kühle, trockene Haut, die zeigte, dass sich ihre Wunden nicht entzündet hatten und sie kein Fieber bekam.

Das Beruhigungsmittel und die Medikamente machten sie schläfrig, und das war gut so. Denn, sobald die Wirkung nachließ, verfiel Chloé in leises, aber nicht enden wollendes Schluchzen. Fay glaubte beinahe, an diesem furchtbaren Weinen zu ersticken, so brannte es sich in ihre Seele und weckte einen Hass auf den Mann, der ihrer geliebten Schwester so unfassbares Leid zugefügt hatte. Sie wünschte, sie wüsste, was Chloé hatte erleiden müssen, und fürchtete zugleich, dem nicht gewachsen zu sein. Sie wusste wirklich nicht, ob sie das hören wollte, denn allein die Wunden und Male auf Chloés zarter Haut zeichneten ein furchtbares Bild.

Bissspuren am ganzen Körper, an Stellen, die intimer kaum sein konnten. Würgemale, Blutergüsse und eine aufgeplatzte Augenbraue waren im Vergleich zu den blutigen Wunden an ihrer Hüfte, welche die Dornen eines Geißelgürtels hinterlassen hatten, kaum der Rede wert. Doch in der Summe gab es kaum einen Zentimeter an Chloés Körper, der kein Zeichen von Misshandlung aufwies.

Ein Klopfen an der Tür ließ Fay zusammenzucken, und sie beeilte sich, aufzumachen.

„Cruz", grüßte sie den kräftigen Krieger und bat ihn mit einer Geste herein. „Gibt es Neuigkeiten? Habt ihr schon von Julien oder Lamar gehört?"

Cruz ließ sich von Fays aufgebrachten Fragen nicht aus der Ruhe bringen.

„Nein. Nichts. Aber das ist kein schlechtes Zeichen. Wie du weißt, wollen wir keine Aufmerksamkeit erregen, also wird sich Lamar nur im absoluten Notfall melden."

Fay schnaubte, und Cruz zog sie am Arm auf ihren Stuhl zurück.

„Du machst mich nervös", schimpfte er und neigte den Kopf in Chloés Richtung. „Wie geht es ihr? War sie heute schon wach?"

Die Sorge in seinem Blick blieb Fay nicht verborgen.

„Ja, aber sie hatte starke Schmerzen. Ich habe ihr etwas von dem Medikament gegeben, und seitdem schläft sie wieder."

Cruz nickte.

„Und du, Fay? Hast du auch ein wenig geschlafen?"

Verlegen sah sie zu Boden. Sie wollte ihm nicht zeigen, dass er ins Schwarze getroffen hatte, denn sie fand seit Tagen keine Ruhe.

„Mir geht es gut", log sie und sah ihn unter gesenkten Lidern an. Eine Frage brannte ihr auf der Seele, aber sie wagte es nicht, sie auszusprechen. Und doch musste sie es wissen. „Cruz, glaubst du, Julien …"

„Ich weiß es nicht, Fay", unterbrach er sie. „Ob er noch lebt, werden wir dann wissen, wenn sich Lamar meldet."

Er drückte ihre Hand, und tatsächlich machte ihr diese Berührung etwas Mut.

„Wenn deine Schwester das nächste Mal zu sich kommt, musst du mich holen. Wir müssen mit ihr sprechen. Es ist immerhin möglich, dass der Wanderer mit unseren Feinden im Vatikan gemeinsame Sache gemacht hat. Wir müssen erfahren, welches Ziel er verfolgt. Vielleicht weiß sie etwas, das Julien helfen kann."

Fay schüttelte den Kopf.

„Chloé spricht kein Wort! Ich habe versucht, mit ihr zu reden, aber sie schweigt mich an. Erst sitzt sie da und starrt vor sich hin, als … Ich weiß nicht, so habe ich sie noch nie gesehen, und dann … fängt sie wieder an zu weinen."

In Fays Augen schwammen Tränen, als sie Cruz eindringlich ansah. „Sag mir, Cruz, was hat dieses Schwein mit ihr gemacht?"

Sie schlug sich die Hände vors Gesicht und schluchzte. Cruz zog sie an seine Brust und strich ihr tröstend über den Rücken, aber das half ihr auch nicht, die Schuldgefühle abzulegen, die wie tonnenschwere Gewichte auf ihr lasteten. Sie war für Chloé verantwortlich! War es immer gewesen. Und darum war auch alles ihre Schuld.

———————◆———————

Cruz strich Fay liebevoll über den Kopf und wünschte, er könnte irgendetwas tun, um es ihr leichter zu machen. Zwar war er nicht begeistert, dass sich Julien mit der rothaarigen Stripperin eingelassen hatte, aber er wusste, sie war unschuldig zwischen die Fronten geraten, und das tat ihm leid. Er wünschte, er könnte ungeschehen machen, was Chloé passiert war. Obwohl der magere Körper von Fays Schwester unter der reinweißen Decke verborgen war, erkannte er, wie schlimm der Wanderer das Mädchen zugerichtet hatte.

„Was hat dieses Schwein mit ihr gemacht?", fragte Fay noch einmal, aber er wusste darauf keine Antwort.

Niemand hatte eine Vorstellung davon, was im kranken

Hirn dieses Psychopathen vorging. Niemand, außer vielleicht Marzia Colucci. Cruz erinnerte sich noch genau daran, wie die Italienerin den Nebelmännern ein Friedensabkommen vorgeschlagen hatte. Sie hatte ihnen ihre Geschichte erzählt. Eine Geschichte, die aus unendlichen Schmerzen und der unvorstellbaren Grausamkeit des Wanderers geboren war. Sie war seine Gefährtin gewesen, und noch heute, tausend Jahre später, trug sie die Narben seiner Spiele am Körper.

Doch viel schlimmer als das waren die Narben, die er an Marzias Seele hinterlassen hatte.

Was mochte wohl aus Chloés Seele geworden sein? Hatte er sie zerstört? Und wenn nicht, was war von dem Mädchen, das sie einst gewesen war, dann noch übrig?

„Du solltest sie nicht drängen, sich dir anzuvertrauen, Fay. Lass ihr Zeit, das zu verarbeiten. Vielleicht wird sie nie darüber sprechen wollen, und auch das musst du akzeptieren. Sei für sie da – mehr kannst du nicht tun."

Er versuchte sich an einem tröstlichen Lächeln, glaubte aber nicht, Fay damit wirklich beruhigen zu können. Wäre es seine Schwester, die so zugerichtet worden wäre, würde er sich auch nicht besänftigen lassen.

„Ihre Verletzungen werden heilen. Sie lebt. Das ist das Wichtigste."

Fay nickte und rieb sich über die müden Augen. Sie rückte von ihm ab, und Cruz ahnte, dass sie dabei war, ihren Schutzschild wieder hochzufahren. Obwohl sie doch inzwischen wissen musste, dass sie ihm vertrauen konnte, wollte sie noch immer ihre Verletzlichkeit verbergen.

„Sicher. Du hast natürlich recht. Sicher hast du …", sie sah zur Tür und verschränkte die Arme vor ihrer Brust. Der Schutzschild – hier war er. „… irgendetwas zu tun. Ich rufe dich, wenn Chloé aufwacht. Du musst nicht hier warten."

Cruz schüttelte den Kopf. Er wurde tatsächlich hinauskommandiert. Weil er Fay nicht noch mehr Sorgen bereiten wollte, erhob er sich und trat an die Tür.

„Wenn du etwas brauchst, Fay, dann …"

„Kippen. Ich könnte eine Schachtel Zigaretten gut gebrauchen", gestand sie mit einem Schulterzucken, und Cruz lächelte über ihren leicht verlegenen Gesichtsausdruck.

„Dazu müsstest du nach Kildale gehen. Dort gibt es einen Laden. Es ist nicht weit, ich kann dich begleiten."

„Nein, schon okay. Mach dir keine Mühe. So dringend ist es nicht."

Eine Stunde später saß Fay noch immer am Bett ihrer Schwester. Ihr war kalt. Diese typische Kälte, die von Schlafmangel und Erschöpfung herrührte und sich tief in ihrem Innersten ausgebreitet hatte. Sie rieb sich die Hände, schaffte es aber nicht, sich damit auch nur ein wenig aufzuwärmen.

Müde stand sie auf und fühlte zum tausendsten Mal Chloés Stirn. Erleichtert registrierte sie die normale Temperatur. Als hätte diese Berührung Chloé geweckt, schlug diese langsam die Augen auf.

„Hey, ma belle", flüsterte Fay und fasste die Hand ihrer Schwester.

Chloé hustete und verzog unter Schmerzen das Gesicht.

„Scheiße …", keuchte sie und setzte sich mühsam auf. „… mir tut alles weh."

„Kann ich dir irgendwie helfen?"

Chloé stopfte sich das Kissen in den Rücken und lehnte sich matt dagegen. Sie mied Fays Blick.

„Chloé?", fragte Fay noch einmal, da ihre Schwester keine Antwort gab.

Mit einem Schnauben hob diese den Kopf. Sie schob das Kinn vor und funkelte Fay böse an.

„Jetzt fragst du mich das? Ob du mir helfen kannst? *Jetzt*, Fay, brauche ich keine Hilfe mehr! Jetzt nicht mehr!"

Verwirrt trat Fay einen Schritt zurück.

„Was meinst du denn?"

„Tu doch nicht so!"Chloé ballte die Hände zu Fäusten, und ihre Stimme zitterte vor Wut. Ihr Atem kam rasselnd aus ihrer Brust. „Wo warst du, als ich dich gebraucht habe? Wo warst du, als *er* mir das angetan hat?"

Sie riss sich die Decke von Körper und stand zitternd auf. Im Licht, das durch die schmalen Klosterfenster fiel, schimmerten ihre Wunden lila und blau. Sie bot einen furchtbaren Anblick, und es schien Fay, als wäre sie zufrieden über ihren entsetzten Gesichtsausdruck. Chloé hatte ihren Peiniger bisher nie beim Namen genannt. Wann immer sie über ihn sprach, war er nur *er* – als wäre der Wanderer der einzige Mann in ihren Gedanken.

„Sag mir, Fay, warum hat es so lange gedauert?"

Fay schüttelte fassungslos den Kopf.

„Ich weiß nicht, was du meinst, aber wir haben alles in unserer Macht Stehende getan, dich so schnell wie möglich freizubekommen. Der Wanderer hat …"

„Du lügst!", schrie Chloé, und in der darauffolgenden Stille hörte man nur das Rasseln ihres Atems.

Fay fühlte sich, als hätte sie einen Schlag in den Magen abbekommen. Sie schluckte die aufsteigende Übelkeit hinunter und versuchte, sich zu beruhigen. Chloé war offensichtlich verwirrt, und wer konnte ihr das schon verübeln? Mitgefühl wallte in ihr auf, als sie ihre kleine Schwester so wütend und zugleich hilflos vor sich sah.

„Beruhige dich, ma belle. Und dann sag mir, was du meinst, denn ich verstehe dich nicht."

Fay bückte sich nach der Decke und reichte sie Chloé, die jedoch keine Anstalten machte, sich wieder zu bedecken – geschweige denn, sich zu beruhigen.

„*Er* hat gesagt, der Hüter des Steins hatte es nicht eilig, mich zu befreien, weil du mit ihm ins Bett steigst! Stimmt das, Fay?"

„Das ist doch verrückt! Merkst du nicht, dass dieser Psycho dich manipuliert hat? Überleg doch mal, woher will er denn wissen, mit wem es Julien treibt?"

Fay vermied es, auf Chloés eigentlichen Vorwurf zu reagieren, denn wie hätte sie sich auch verteidigen sollen?

„Antworte mir! Hast du dich gut vergnügt, während ich …?"

„Hör auf! Ich verstehe, dass du verwirrt bist, aber du gehst zu weit. Das eine hat nichts mit dem anderen zu tun."

Sie biss sich auf die Lippe, als ihr Chloés große Augen zeigten, dass sie zu viel gesagt hatte.

Chloés Blick war verächtlich, und sie wich bis an ihr Bett zurück.

„Dann stimmt es also. *Er* hat die Wahrheit gesagt." Es war keine Frage, sondern eine Feststellung. Fay schwieg. Sie wollte nicht lügen, aber das, was zwischen ihr und Julien war, würde ihre Schwester jetzt nicht verstehen.

Chloé fuhr sich mit der flachen Hand über die Wunden an ihrer Hüfte.

„Sag mir eines, Fay, wie kamst du in Paris mit den Hütern in Monsieur Duprais' Reinigung? Du hast am Telefon zu mir gesagt, du wärst in der Bar." Chloé sah Fay von unten herauf misstrauisch an.

„Was?" Fay verstand überhaupt nichts mehr. Was war hier nur los? „Ich … worauf willst du hinaus?"

„Du hast mir gesagt, du wärst in der Bar. Und du hast gesagt, dieser Julien hätte dir den Stein abgenommen. Also nochmal meine Frage, Fay: Warum wart ihr in der Reinigung?"

Fay fühlte sich in die Enge getrieben. Verdammt, sie hätte jetzt wirklich gerne eine geraucht. Sie zitterte, weil sie nicht verstand, was gerade geschah. Es kam ihr vor, als würde etwas zerbrechen …

„Chloé, ich … ich weiß nicht, was du denkst, aber …"

„Willst du wissen, was ich denke? Ich denke, du hattest die Nase voll davon, für deine kranke, dir zur Last gewordene Schwester zu sorgen. Du hattest keinen Bock mehr, dich noch länger für ein paar lumpige Scheine auszuziehen. Ich denke, dieser gut aussehende Typ hat dir ein Angebot gemacht. Vielleicht ein verlockendes Angebot, Fay? *Er* sagt, du hast mich angelogen. Du bist nie in die Bar, sondern mit Julien aus Paris hinausgefahren – stimmt das?"

Fay schüttelte den Kopf. Das war doch Wahnsinn. Egal, was sie sagte, sie konnte offensichtlich nicht zu Chloé durchdringen. Die verstand alles nur so, wie sie es verstehen wollte. Was hatte dieser Psycho ihr nur für einen Müll erzählt?

„Weißt du was, Chloé, solange du in dieser Stimmung bist, rede ich nicht mit dir. Das ist absurd!"

Fay trat an die Tür, aber Chloé hielt sie grob zurück. Deren Lippen waren blau vor Sauerstoffmangel, und der Atem gelangte nur pfeifend in ihre Lunge. Trotzdem lag sie nicht, wie so oft, wenn es ihr schlecht ging, im Bett, sondern stand Fay kampfbereit gegenüber.

„Du gehst nicht, ehe ich eine Antwort habe, Fay!"

Die Kälte in Chloés Augen ließ Fay frösteln, und sie entwand ihren Arm aus dem schmerzhaften Griff. Wie eine Fremde stand ihre kleine Schwester ihr gegenüber, und Fay wusste nicht, wie sie ihr oder sich selbst helfen konnte.

„Was immer du denkst, es ist nicht so, wie es dir der Wanderer eingeredet hat."

„Du weichst mir aus, Fay. Ich will jetzt die Wahrheit hören!"

Fay sah Chloé an und konnte nicht verhindern, dass Tränen über ihre Wange liefen.

„Die Wahrheit? Na schön. Ja, ich habe dich in Paris angelogen. Und ja, ich habe mit Julien geschlafen. Aber hinter all dem steckt eine andere Wahrheit, als die, die du zu glauben scheinst! Ich liebe dich, Chloé. Du bist der wichtigste Mensch in meinem Leben, und ich hätte nie etwas getan, das dich verletzt. Das schwöre ich!"

Chloé wandte sich ab und bedeckte endlich ihre Blöße. Sie trat ans Fenster, ohne Fay noch einmal anzusehen.

„*Er* hat gesagt, dass du heulen würdest, damit ich dir glaube."

Meisterdiebe

---◆---

Wales, Heute

D er Zug ruckelte über die Schienen, und die hügelige Landschaft Wales flog am Fenster vorüber. Die Sonne stand tief am Himmel und blendete Jade, die müde blinzelte. Das Wackeln des Waggons, die Wärme der Sonnenstrahlen, die durch die Zugscheibe brannten, und die verbrauchte Luft im Abteil machten sie schläfrig. Sie rollte ihr Zungenpiercing im Mund hin und her und versuchte, sich wach zu halten. An der nächsten Station musste sie aussteigen.

Kurz überlegte sie, ob sie sich in der Zugtoilette etwas zurechtmachen sollte, verwarf den Gedanken aber schnell wieder. In der vollgepissten Chemietoilette würde sie sich vermutlich nur irgendeine Krankheit einfangen. Mave musste sie eben so nehmen, wie sie war.

Trotzdem zupfte sie ihren wasserstoffblonden Pixie zurecht und roch unauffällig unter ihren Armen. Nach einer Nacht im Bahnhof und einem ganzen Tag im Zug roch ihr Shirt ziemlich verschwitzt. Jade fluchte. Sie sah verstohlen über ihre Schulter, ob sie beobachtet wurde, aber keiner der wenigen Mitreisenden schenkte ihr Beachtung. Also kramte sie in ihrer Tasche, bis sie alle Zutaten für einen Joint beisammenhatte. Unbemerkt drehte sie sich die Tüte und ließ alles wieder in ihrer Tasche verschwinden.

Der Zug wurde langsamer – fuhr in den Bahnhof ein und kam schließlich quietschend zum Stehen. Jade klopfte sich auf die Tasche, lächelte und erhob sich aus dem grauen Sitz. Keiner nahm von ihr Notiz, trotzdem zog sie sich die Kapuze ihrer Jacke über den Kopf, ehe sie auf den kameraüberwachten Bahnsteig trat. Die *Bruderschaft des wahren Glaubens* hatte ihre Augen schließlich überall. Wenn jemand das wusste, dann sie, schließlich gehörte sie der Bruderschaft an, auch wenn sie sich gerade auf eigene Faust auf diese Mission begeben hatte.

Die frische Luft fühlte sich nach der stickigen Hitze kühler an, als sie war. Mit gesenktem Kopf mischte sich Jade unter die Menschen und war sich ziemlich sicher, dass niemand ihrer Spur hatte folgen können.

Erst als sie den kleinen Provinzbahnhof verlassen hatte und zu Fuß in Richtung des nahe gelegenen Dorfes unterwegs war, griff sie in ihre Tasche und holte den Joint heraus. Mave Buckley für sich zu gewinnen, war eine Herausforderung. Sie würde sicher eine Menge Überredungskunst brauchen, um nicht von der schönen Meisterdiebin abgewiesen zu werden. Überredungskunst – und vermutlich eine dicke Stange Geld.

Als sie den süßen Rauch inhalierte, lächelte sie bei dem Gedanken daran, dass ihr versnobter, schwerreicher Vater ohne sein Wissen die Beauftragung einer Diebin finanzieren würde. Jade war nicht umsonst mit dem Nebelmann ins Bett gestiegen. In seinem Suff hatte er ihr mehr über das Versteck der Rubine verraten, als sie sich je erhofft hatte, und es war ihr zudem gelungen, den Sender im Handy des Nebelmannes anzubringen. So hatte sie herausgefunden, wo sich die Hüter der *Wahrheit* versteckten. Und Mave … nun, sie war nötig, um endlich, nach so vielen

Jahrhunderten, die *Wahrheit* in den Besitz der Bruderschaft zu bringen. Die Zeit der Lügen war so gut wie vorüber, der Menschheit würden endlich die Augen geöffnet werden. Und Mavc Buckley würde ihr helfen – komme, was wolle.

Jade klackte mit dem Piercing gegen ihre Zähne und hob nun zum ersten Mal den Blick. Hier, mitten im Nirgendwo, gab es keine Kameras.

Stattdessen eine heruntergekommene Autowerkstatt mit zwei Zapfsäulen zur Rechten und gegenüber ein kleines Motel mit gepflegtem Vorgarten, der so sauber und penibel angelegt war, dass die Werkstatt gleich noch verkommener wirkte.

Jade blieb mitten auf der Straße stehen und rauchte ihre Tüte zu Ende. Sie nahm an, dass selbst während der Rushhour nicht mehr als zwei Autos durch dieses verschlafene Nest rollten. Sie ließ den Blick zur Werkstatt schweifen. Ein rostiges Rolltor, ein Minivan auf einer Hebebühne und leise Rockmusik aus einem rauschenden Radio. Ein zottiger Hund lag in der Sonne, und der Geruch nach Schmieröl und Benzin wurde vom Wind in ihre Richtung getragen.

Werkzeug klapperte. Eine Frau in einem schwarzen Overall kam um den Van herum und wischte sich die Hände an einem schmierigen Lappen ab. Die Ärmel ihres Overalls hatte sie um die Taille geknotet. Ihr weißes Tanktop wies dunkle Flecken auf, und Jade glaubte beinahe, die einzelnen Schweißperlen auf der hellen Haut zu erahnen. Der blonde Zopf fiel der Mechanikerin bis zwischen die Schulterblätter, als sie einen Hebel neben dem Tor betätigte, der die Hebebühne herabsenkte.

Jade lächelte zufrieden und trat den Stummel des Joints aus, ehe sie sich zum Motel umwandte.

Mave Buckley war noch besser, als sie es sich vorgestellt hatte. Eine Frau, die sich die Finger schmutzig machte und dabei so verdammt heiß aussah, war sicher in der Lage, zu bekommen, was immer sie wollte. Eine Meisterdiebin, die zweifellos auch schon etliche Herzen gestohlen hatte.

Den Kopf voll eindeutig unpassender Gedanken bezüglich der Zusammenarbeit zwischen ihr und der schönen Mave, trat Jade ins Motel und nahm sich ein Zimmer.

Von ihrem Fenster aus hatte sie eine gute Sicht auf die Werkstatt gegenüber, und so zog sie sich nach einer schnellen Dusche einen Stuhl heran und wartete. Es war das pure Vergnügen, Mave bei der Arbeit zuzusehen. Das Polizeifoto, auf dem die Mechanikerin schon eine Augenweide gewesen war, wurde ihr nicht einmal im Ansatz gerecht. Diese verflucht heiße Frau würde ihr helfen, die *Wahrheit* in ihren Besitz zu bringen. Nervös spähte sie die Straße entlang, denn Jade fürchtete, die Bruderschaft könnte ihr doch gefolgt sein. Dabei hatte sie ja nicht vor, gegen diese zu arbeiten, aber sie wollte sich auch nicht von Wichsern wie André und Paul den Erfolg ihrer Arbeit abspenstig machen lassen. Wenn ihre Mission in Irland erfolgreich verlaufen sein würde, erst dann würde sie sich an die Spitze der Bruderschaft wenden.

Sie konnte sich beinahe die dümmlichen Gesichter all der Männer vorstellen, wenn diese erfahren würden, dass eine Frau – eine Frau, die Frauen liebte – die Welt von der größten Lüge der Menschheit befreien würde.

Das Quietschen des Rolltors gegenüber riss sie aus ihren Gedanken. Die schöne Mave machte offensichtlich

Feierabend, denn sie setzte sich auf einen der großen Steine an der Einfahrt und schob sich eine Sonnenbrille ins Haar.

Das war die Gelegenheit, auf die Jade gewartet hatte.

Sie lockerte mit den Händen ihren noch feuchten Pixie und zog eilig den dunklen Lippenstift nach.

Beim Hinausgehen klackerte ihr Piercing nervös gegen ihre Zähne.

Ohne zu zögern, überquerte sie die Straße.

Mave sah auf und lächelte freundlich.

„Hallo, Mave", grüßte Jade und setzte sich neben die Waliserin.

Diese sah Jade schweigend an. Offensichtlich wunderte es sie nicht, dass jemand Fremdes sie beim Namen nannte.

„Bist du von den Bullen?", fragte Mave nach einer Weile und hob die Augenbrauen. „Verdeckter Ermittler oder so?"

Abfällig ließ sie ihre strahlend saphirgrünen Augen über Jade wandern. „Was immer es ist – ich war es nicht", stellte sie tonlos fest.

Jade grinste amüsiert.

„Ich bin kein Bulle, aber was immer es ist – du warst es. Und genau deshalb bin ich hier."

DER ZWILLING

———◆———

N ach dem schrecklichen Streit mit Chloé rannte Fay tränenblind durch die langen Gänge des alten Klosters. So nah an der irischen Küste war es ihr, als hörte sie die Brandung selbst innerhalb der kalten Klostermauern. Aber vielleicht war es auch nur das Blut, das ihr so laut in den Ohren rauschte.

Hoffentlich begegnete ihr jetzt niemand, denn das Letzte, was sie wollte, war über die Vorwürfe ihrer Schwester zu sprechen.

Ihre Schuldgefühle und die Angst um Julien brachen schmerzhaft aus ihr heraus, und ihre Kehle brannte vor Tränen. Sie wünschte sich in die Pariser Gosse zurück, in der sie all die Jahre gelebt hatte, ohne irgendetwas zu fühlen. Wie leicht war es ihr in dieser trostlosen Welt zwischen Stripclub und Dachkammer erschienen, einfach einen Fuß vor den nächsten zu setzen und sich im endlosen Karussell des deprimierenden Alltags mitzudrehen. Damals hatte ihr Schutzwall noch funktioniert. Er war sogar so stabil gewesen, dass sie sich selbst irgendwann ausgesperrt hatte. Und nun?

Sie wischte sich die Tränen aus dem Gesicht und drückte die Tür zum Kreuzgarten auf, der das Herz der Klosteranlage bildete. Die kalte Klinke unter ihren Fingern ließ sie innehalten, denn draußen würde sie nicht länger allein sein, das wusste sie. Trotzdem musste sie hinaus. Raus aus den bedrückenden Gängen, den spartanischen Kammern der ehemaligen Mönche und der den Mauern entströmenden Kühle, die die Kälte in ihrer Seele noch verstärkte. Sie brauchte Sonne und frische Luft, um etwas zu fühlen, das sie an die Wärme in Juliens Armen erinnerte.

Entschlossen, sich diese Erinnerung zu holen, trat sie hinaus auf den mit Buchs gesäumten Kreuzweg und hob ihr Gesicht der Sonne entgegen. Tief durchatmend ließ sie ihre Tränen in den warmen Strahlen trocknen, und das Rot hinter ihren Lidern war wie das Glühen des Rubins, der ihr Leben so nachhaltig verändert hatte.

Wie gerne hätte sie sich jetzt an den plätschernden Brunnen in der Mitte des Innenhofs gesetzt und den Duft der in den Beeten wachsenden Kräutern genossen, der sanft wie der Hauch eines Parfums die Luft färbte. Aber sie spürte die Augen der Hüter, die auf den Mauern Wache hielten, unangenehm in ihrem Rücken. In den ersten Tagen im Kloster hatte sie gelegentlich das Getuschel vernommen, und nur wenig davon war freundlich gewesen. Niemand hier war begeistert, dass man Juliens Bettgefährtin – was noch der harmloseste Ausdruck war, mit dem man sie bedacht hatte – in ihr geheimes Versteck gebracht hatte.

Heilige Scheiße, wie dieser bärtige Arnulf, ein Berg von einem Mann, sie anglotzte! Das war ja schlimmer, als die Typen, die in die Bar gekommen waren, um ihr beim Strippen zuzusehen. Als würde er sich vorstellen, wie sie nackt aussah.

Schnell überquerte sie den Hof und lächelte Arjen zu, der am Tor saß und in einem Buch las.

„Hallo, Arjen. Cruz sagt, ich bekomme in der Stadt

Zigaretten. Würdest du mir das Tor öffnen?"

Arjen schwieg, legte das Buch beiseite und stand auf. Er war ein stiller Mensch, und Fay hatte Schwierigkeiten damit, ihn einzuschätzen. Er war immer höflich gewesen, und mit seinen langen, leicht gewellten Haaren und den weichen Gesichtszügen sah er beinahe engelsgleich aus. Er hatte sich hervorragend um Chloés Verletzungen gekümmert. Jetzt aber schien sein Blick jede ihrer Regungen aufzusaugen, und so schlug sie die Augen nieder, um ihre Unsicherheit zu verbergen.

„Du willst allein gehen?", fragte er, und Misstrauen schwang in seiner Stimme mit. Er machte keinerlei Anstalten, das Tor zu öffnen.

„Sieht so aus, oder?"

Fay hatte nicht vor, sich zu rechtfertigen, schließlich war sie keine Gefangene.

„Du weißt, dass das nicht geht."

Die Ruhe, mit der er ihr dies sagte, machte sie wütend. Als zählten ihre eigenen Wünsche und Belange hier im Reich dieser geheimen Hüter nicht.

„Und wie das geht! Du machst jetzt dieses Scheißtor auf, denn es gibt keinen vernünftigen Grund, mich daran zu hindern, mir Zigaretten zu kaufen!"

Arjen lächelte.

„Rauchen ist ungesund. Das ist doch ein vernünftiger Grund, oder?"

„Haha."

„Cruz hat mir erzählt, dass du alles über uns weißt. Das ist gefährlich. Wenn die *Wahrheit* in falsche Hände gerät, kann das … schlimme Folgen haben. Das können – und werden wir nicht riskieren."

Fay schnaubte und sah sich um. Cruz und Lamar waren

die Einzigen, die sie besser kannte. Aber Lamar war in Rom zurückgeblieben – gegen Juliens Befehl –, und von Cruz war nichts zu sehen.

Der verrückte Cecil turnte auf einem Mauervorsprung hoch über dem Hauptschiff des Klosters herum, und Said hielt mit dem Rücken zu ihr Wache auf der östlichen Mauer. Dem Blick des großen Sachsen Arnulf wich sie lieber aus, also blieb ihr nur Arjen … oder die Alternative, das Rauchen aufzugeben.

„Das ist doch bescheuert! Ich verrate euch nicht. Ihr habt Chloé gerettet, und ich …" Nein, sie würde nicht zugeben, dass sie Julien liebte, denn das war nichts, was diese Männer, die nur für ihre jahrhundertealte Mission lebten, verstehen würden.

Arjen wich noch immer nicht zur Seite.

„Na schön, also was jetzt?", fragte sie gereizt.

„Ich komme mit dir."

Fay schüttelte den Kopf und sah ihn wütend an.

„Das hatte ich befürchtet."

Obwohl ihr Arjen schweigend wie ein steinerner Wärter mit einigem Abstand folgte, tat ihr der Marsch in den nahe gelegenen Ort gut. Die sanften Hügel der irischen Insel beruhigten mit ihrem frischen Grün Fays angespannte Nerven. Der Tag war sonnig warm, das Gras unter ihren Füßen noch feucht. Es erinnerte an den silbernen Glanz des Morgennebels, der das Kloster in seinem Dunst verhüllt hatte.

Der Wind zog vom Meer leicht über die Küste und machte die Wärme des Tages angenehm. Anders, als noch vor wenigen Tagen in Rom, kam sie sich nun nicht länger wie unter einem Brennglas vor.

Ihre schnellen Schritte dämpften ihre Wut über die unnötigen Vorsichtsmaßnahmen der Hüter, verursachten ihr aber Seitenstechen. Auch der Schmerz an ihrer Rippe vom Streifschuss des Wanderers, den sie in Paris abbekommen hatte, verstärkte sich. Obwohl die Wunde gut verheilt war, machte sie sich bei Anstrengung deutlich bemerkbar.

„Hast du Schmerzen?", fragte Arjen und schloss zu ihr auf, sodass Fay sich gezwungen sah, stehen zu bleiben.

„Es geht. Zieht nur ein wenig."

Er nickte und deutete nach vorne.

„Willst du besser umkehren? Es sind noch gute zwei Meilen."

Fay wischte sich den Schweiß von der Stirn und sah ihren blonden Begleiter vorwurfsvoll an. Die erdbraune Kutte, die er, wie sie wusste, über seiner Kleidung trug, wirkte beinahe lächerlich, und sie fragte sich, wie die Hüter mit dieser Verkleidung so lange unbemerkt hatten bleiben können.

„Warum genau haben wir nicht das Auto genommen?"

Arjen lächelte geduldig.

„Weil wir in den Augen der Welt nur ein bescheidener zurückgezogener Orden sind, und der teure Mercedes im Keller passt nicht wirklich in dieses Bild."

„Na toll! Trotzdem drehen wir jetzt nicht um."

Schweigend ging Arjen weiter, und Fay setzte stöhnend einen Fuß vor den anderen.

„Was unternehmt ihr eigentlich, um Julien zu helfen?", fragte sie nach einer Weile.

„Nichts. Wir haben von Lamar bisher nichts gehört – und wissen nicht, ob Juls überhaupt noch am Leben ist. Solange das nicht klar ist, werden wir nichts unternehmen.

Wenn wir Männer nach Rom schicken, ist die *Wahrheit* hier nicht ausreichend geschützt."

Fay schüttelte den Kopf.

„Das ist doch Unsinn. Wissen denn eure Feinde, wo ihr euch versteckt? Gab es in all den Jahrhunderten überhaupt jemals einen Angriff auf das Kloster?"

„Nein. Bisher war das Elixier hier gut versteckt, aber Gabriels Tod zeigt, dass wir uns nicht zu sicher fühlen dürfen. Die Zeiten haben sich geändert. Unsere Feinde sind aus ihrem Dämmerschlaf erwacht, und die Erlebnisse in Rom machen deutlich, dass etwas am Brodeln ist."

„Dann rechnet ihr mit einem Angriff auf das Kloster?"

„Nicht mehr als in der Vergangenheit, denn wir sind immer vorsichtig gewesen, aber es ist nicht auszuschließen. Allerdings ist das Kloster nicht direkt für einen Angriff gerüstet. Es ist ein gutes, sicheres Versteck, aber wir setzten bisher eher auf passive Sicherheit. Verteidigung statt Angriff, denn wir sind nur eine Handvoll Männer. Unsere Feinde wären uns gegenüber immer in der Überzahl, darum haben wir uns hier an die Küste Irlands zurückgezogen. Wir gehen Auseinandersetzungen aus dem Weg. Das ist uns bisher sehr gut gelungen. Die größte Sicherheit bietet uns die Geheimhaltung. Du verstehst?"

Fay dachte über Arjens Worte nach.

„Hältst du mich und Chloé für ein Risiko? Ich meine, ... du begleitest mich sogar zum Kippen kaufen."

Arjen sah sie freundlich, aber bestimmt an.

„Würden wir euch für ein Risiko halten, wärt ihr nicht hier. Aber je mehr Menschen von uns und dem Versteck wissen ..."

Fay verstand. Man würde nicht aufhören, sie zu beobachten.

Das letzte kurze Stück des Weges setzten sie schweigend fort, und Fay war erleichtert, als sie die ersten Häuser des kleinen Ortes erreichten.

„Im Pub gibt es einen Zigarettenautomaten", erklärte er und senkte den Kopf, als er Fay in den schummrigen Gastraum folgte.

Ein Mann lehnte hinter dem Tresen und blätterte lustlos in einer Zeitschrift. Der einzige Gast war am Tresen zusammengesunken.

Fay ging zielstrebig auf den Automaten zu, als Arjen einen derben Fluch ausstieß, den ein frommer Mönch, für den er sich ausgab, sicher niemals in den Mund genommen hätte.

Fay wandte sich fragend um, und auch der Wirt hob neugierig den Blick.

„Kauf deine Zigaretten und komm!", fuhr Arjen sie ungeduldig an, während er den betrunkenen Gast vom Stuhl riss und sich über die Schulter warf.

„Hey!", brüllte der Wirt und kam eilig hinter seiner Theke vor. „Hey, stehen bleiben! Der Suffkopf hat noch nicht bezahlt!"

Mit eisiger Miene zog Arjen ein Bündel Geldscheine aus den Falten seiner Mönchskutte und warf sie achtlos auf den Tisch, ehe er mitsamt dem Mann ins Freie verschwand.

Der Wirt pfiff durch seine Zahnlücke und ließ sich die Scheine genussvoll durch die Finger gleiten.

Schnell kaufte Fay eine Schachtel Zigaretten und beeilte sich, ihrem Begleiter nach draußen zu folgen.

Der schien es jedoch eilig zu haben, denn er war schon fast die Straße hinunter, zurück in Richtung des Klosters.

Fay rannte ihm nach und hielt sich keuchend die Rippen.

„Warte! Was ist denn los? Wer ist das?"

Arjen schnaubte und stapfte unbeirrt weiter.

„Das ist Matteo, ein unverbesserlicher Dummkopf. Und wenn er nüchtern ist, werde ich ihm eine ordentliche Tracht Prügel verpassen."

„Warum? Woher kennst du ihn? Was hat er getan?"

Fay hatte Mühe, mit Arjen Schritt zu halten, der anscheinend von Zorn getrieben ein hohes Tempo vorlegte.

„Woher ich ihn kenne? Seit Papst Urban II. zu den Kreuzzügen ins Heilige Land aufgerufen hat, kenne ich diesen Kerl, und er ist in all den Jahren nicht einen Deut klüger geworden."

„Er ist ebenfalls unsterblich? Er sieht gar nicht danach aus", stellte Fay mit einem Blick auf Matteos gewöhnliche Kleidung fest, aber schon beim zweiten Blick korrigierte sie ihre Einschätzung. Er strahlte trotz seines offensichtlich jungen Alters und seines volltrunkenen Zustands die gleiche kämpferische Kraft aus wie die anderen Hüter.

„Wenn nicht, hätte ihn sicher einer von uns im Laufe der Zeit erwürgt. Es ist schwierig mit ihm", gestand Arjen mürrisch.

„Er sieht nicht so aus, als wäre es ein Kinderspiel, einen kräftigen Kerl wie ihn zu erwürgen."

Arjen schnaubte.

„Vielleicht hätte es zwei von uns gebraucht, aber keine Bange … die wären schnell gefunden."

Die sanfte Brise hatte sich gelegt, und Fay schwitzte. Sie mochte sich nicht vorstellen, wie Arjen unter seiner Kutte kochte, der ja zudem noch den Mann schleppte.

Die Zigaretten, die sie so dringend nötig gehabt hatte, hielt sie vergessen in der Hand, als sie zu verstehen versuchte, was es mit diesem Matteo wohl auf sich hatte.

„Was heißt schwierig? Und warum ist er nicht bei euch

im Versteck?"

Den Rückweg hatten sie in einem Bruchteil der Zeit zurückgelegt, die sie für den Hinweg gebraucht hatten. Denn schon ragten die hohen Mauern des Klosters vor ihnen auf.

Arnulf öffnete ihnen eilig das Tor, als er sie kommen sah. Auch sein Blick war nicht gerade freundlich auf das unerwartete Mitbringsel gerichtet.

„Verflucht, Arjen! Wo hast du den aufgegabelt?", maulte der Sachse und beeilte sich, das massive Tor hinter ihnen zu schließen.

„Im Pub. Der Idiot hat sich mal wieder um den Verstand gesoffen."

Nun kam auch Said näher und schüttelte über das Bild, welches der junge Mann bot, den Kopf.

„Wir sollten ihm einen Eimer Wasser über den Kopf schütten", schlug er mitleidlos vor, als Matteo ein erstes Keuchen von sich gab.

„Was ist denn los?", versuchte Fay zu verstehen, aber keiner schenkte ihr Beachtung.

„Nein. Ich sperre ihn in seine verfluchte Kammer und lasse ihn ausnüchtern, ehe er mir noch auf die Kutte pisst. Und wenn er wieder zurechnungsfähig ist, soll er sich uns allen erklären. Wir hatten eine Abmachung, und die hat er gebrochen. Mitten in Kildale. Als müsste er die Dörfler noch extra mit der Nase auf uns stoßen."

Die mürrischen Gesichter der Männer drückten Zustimmung zu Arjens Worten aus.

„Vielleicht ist es Zeit für neue Pächter und einige Änderungen bei den Mietern? Nur zur Sicherheit?"

Arnulf nickte, und auch Arjen schien keine Einwände vorzubringen, denn er verschwand mit dem Trunkenbold in der Kapelle.

Obwohl Fay genau spürte, dass weder Arnulf noch Said vorhatten, ihr mehr zu sagen, wollte sie doch wissen, was vorging. Wer war dieser Mann, und warum waren alle derart wütend auf ihn?

Während Fay noch überlegte, Arjen in die Kapelle zu folgen, wandten sich die beiden anderen wieder ihrer Wache auf dem Mauerring zu. Erst jetzt wurde sich Fay der Zigaretten bewusst, wegen der sie sich überhaupt auf den Weg gemacht hatten.

Mit einem unguten Gefühl riss sie das Stanniolpapier auf und klopfte eine Zigarette aus der Schachtel. Mit dem ersten genüsslichen Zug ließ sie sich auf einer Bank im Kreuzgarten nieder und legte den Kopf in den Nacken. Der Nachmittag war weit vorangeschritten, und die Sonne blendete nun tief über der obersten Mauerreihe.

„Darf ich mich zu dir setzen?", fragte Cruz, den Fay nicht hatte kommen hören. Aber das überraschte sie längst nicht mehr. Die Hüter bewegten sich allesamt absolut geräuschlos. Fay rückte ein Stück beiseite und bot ihm den frei gewordenen Platz an.

„Geht es dir besser, nachdem du endlich wieder qualmen kannst?", fragte er grinsend und deutete auf die glühende Kippe zwischen ihren Fingern.

„Besser? Nein, denn besser ist ja eine Steigerung von gut. Sagen wir lieber, mir geht es nicht mehr ganz so schlecht – jetzt, wo ich wieder qualmen kann."

Sie lächelte schief und drehte ihr flammendes Haar zu einem losen Knoten. Nachdenklich biss sie sich auf die Lippen.

„Kannst du mir sagen, was es mit Matteo auf sich hat? Wenn er einer von euch ist, warum sind dann alle so wütend auf ihn?"

Cruz rieb sich das Kinn, ehe er Fay ansah. Wie viel konnte er der Französin erzählen, ohne zu viel preiszugeben? Aber die Rothaarige steckte ohnehin schon verdammt tief in der Sache mit drin, und Julien hatte ihr vertraut. Durfte er das ebenfalls?

Sie kaute auf ihrer Lippe, was sie beinahe kindlich verloren aussehen ließ, dabei war an ihrem perfekten Körper wirklich nichts, was unschuldig wirkte. Selbst ihr flammend rotes Haar schien wie gemacht, um Männer zu verführen und deren Fantasie zu beflügeln.

Seine Fantasie war jedenfalls beflügelt, wie er sich eingestehen musste. Nein, er konnte Juls keinen Vorwurf machen. Die Zigarette zwischen ihren Lippen wirkte sinnlich und, um sich abzulenken, begann er zu erzählen.

„Matteo und sein Zwillingsbruder Quirin waren die Jüngsten in der Truppe Männer, die Juls während der Kreuzzüge befehligte."

Er schloss die Augen, um die Bilder der Vergangenheit wieder zum Leben zu erwecken.

„Es war nicht einfach, denn Juls hätte die beiden am liebsten gar nicht mitgenommen. Er fand sie zu jung, um im Krieg zu sterben, auch wenn sie natürlich längst keine Kinder mehr waren. Zu dieser Zeit, Fay, wurden die Männer sehr früh erwachsen. Es brach ihrer Mutter das Herz, ihre Söhne in den Krieg reiten zu sehen. Aber der Vater, ein streng gläubiger Mann, bestand darauf, dass seine Erben den Namen Gottes in die Welt tragen sollten."

Cruz schüttelte den Kopf. Heute erschien ihm dieses

Verhalten wie blinder Fanatismus, und er fragte sich oft, warum auch er sich berufen gefühlt hatte, Papst Urbans Aufruf zu folgen.

„Gegen Juliens Willen wurden die beiden seinem Befehl unterstellt, und so schwor er sich, für ihre Sicherheit zu sorgen."

Die Sonne verschwand hinter der Mauer, und der Kräutergarten lag plötzlich im Schatten. Fay nahm die Füße auf die Bank und umschloss ihre Knie mit den Armen. Sie wartete darauf, dass Cruz weitersprach.

„Ich glaube nicht, dass du dir das vorstellen kannst, aber in der damaligen Zeit lag Jerusalem in einer anderen Welt. Allein die Reise war eine ungeheure Strapaze, die Hunderte Leben forderte, aber Juls achtete gut auf seine Männer. Immer. Und wir alle wussten, dass er sich ganz besonders für die beiden Jüngsten der Truppe verantwortlich fühlte, beinahe wie ein Vater. Aber sie überraschten uns alle mit ihrer Tapferkeit und ihrem kämpferischen Geschick. So manch alter Hase konnte sich von ihrem Mut noch etwas abschneiden. Die Reise machte sie zu Männern, aber Juls fand dennoch, sie hätten zu Hause bleiben sollen, anstatt ihr Leben sinnlos im Kampf zu verlieren."

„Aber Matteo lebt doch?"

Fay zündete sich noch eine Zigarette an. Der Abend war lau, aber Cruz' Geschichte erweckte eine Kälte in ihr zum Leben, die unheimlich war. Das Nikotin würde hoffentlich ihre Nerven beruhigen. Als hätte Cruz ihren Einwand nicht gehört, sprach er weiter.

„Es war diese besondere Bindung zwischen Matteo, Quirin und Juls, die so stark war wie Blutsbande. Die zwei jungen Männer vertrauten ihm. Sie gaben ihr Leben in seine Hände, und er hat alles getan, um für ihre Sicherheit zu sorgen. Aber das war nicht genug."

Cruz schwieg einen Moment, und, obwohl er zuvor versucht hatte, die Bilder der Vergangenheit heraufzubeschwören, wünschte er nun, sie würden verblassen. Er roch das Blut und den Rauch über der Heiligen Stadt, hörte die Schreie der Sterbenden und das Klirren der Waffen. Das Adrenalin des Kampfes rauschte wie damals durch seinen Körper, und er ballte die Hände zu Fäusten, wie um seinen Schwertgriff.

Sie waren in einen Hinterhalt geraten, und zum ersten Mal, seit sie in Frankreich aufgebrochen waren, hatten sie Männer aus den eigenen Reihen verloren.

„Matteo überlebte. Aber Quirin hatte nicht so viel Glück. Er starb beim Angriff auf Jerusalem."

Fay war blass geworden, und Cruz hoffte, ihr nicht zu viel zugemutet zu haben, nachdem sie in letzter Zeit so viel durchgemacht hatte.

„Seinen Bruder zu verlieren, muss für Matteo schrecklich gewesen sein", murmelte Fay. Er wusste, sie dachte dabei auch an ihre Schwester.

„Ich weiß nicht, was damals schlimmer für ihn war. Der Verlust des Bruders oder der Verlust des Vertrauens in Julien. Seit jener Nacht hat Matteo Juls nie wieder vertraut. Er muss natürlich wissen, dass es nicht dessen Schuld war, aber die Achtung vor dem Mann, der ihm wie ein Vater erschienen war, war zerstört."

Fay schnippte ihre Zigarette weg und blies den Rauch in den vom Sonnenuntergang glühenden Himmel.

„Ich verstehe nicht, wie er Julien die Schuld geben kann. Das ist doch verrückt?"

Cruz nickte zustimmend.

„Das ist es. Aber der Schmerz und die Erlebnisse dieser

unbeschreiblich grausamen Nacht haben Matteo vergiftet. Viele verkrafteten nicht, was damals geschah. Es war nicht einfach nur ein Kampf, ein Krieg – es war ein Massaker, und wir alle verspielten unser Seelenheil, indem wir uns daran beteiligten."

Cruz sah, wie sehr seine Worte Fay erschreckten. Sie war ein Stück von ihm abgerückt, als fürchtete sie ihn wegen seiner Vergangenheit. Die plötzliche Kühle überzog ihre Arme mit einer Gänsehaut.

„Matteo war so voll Zorn und von Rache getrieben, dass er von Julien verlangte, bei der Hinrichtung der Heiden das Schwert zu führen."

Cruz schüttelte verständnislos den Kopf.

„Das war der pure Wahnsinn. Keiner von uns hätte freiwillig Frauen und Kinder niedergestreckt, aber Matteo verlangte, von Julien dafür eingeteilt zu werden. Der wollte es ihm versagen ... Aber Lamar bestand darauf, dass der Junge seine Genugtuung bekommen sollte."

Er wandte den Blick in den Himmel und versuchte, sich den Schmerz der Erinnerung vor Fay nicht anmerken zu lassen.

„Er bekam seine Rache, aber wie Julien vorhergesagt hatte, verloren wir mit der ersten Frau, die durch Matteos Hand starb, den Mann, den wir aus Frankreich kannten. Wir haben ihn verloren. Er war danach nie wieder derselbe, auch wenn uns das damals noch nicht bewusst war."

Er sah hinüber zur Kapelle, in der Arjen mit seinem ehemaligen Waffenbruder verschwunden war. Nachdenklich rieb er sich das Kinn und stand auf.

„Julien achtet ihn immer noch, aber die beiden können nicht sehr lange in der Nähe des anderen sein, ohne sich zu streiten. Matteo würde niemals unsere Mission gefährden, aber er ist einfach keiner von Juliens Männern."

„Was macht er dann hier?", fragte Fay.

Cruz zuckte mit den Schultern. Dieselbe Frage hatte er sich auch oft gestellt.

„Ich nehme an, dass unser Schicksal uns verbindet. Er ist oft lange Zeit verschwunden, aber immer wieder kommt er zurück. Niemand versteht ihn, nur wir. Was hat er sonst schon? Wir glauben, er wäre gerne wieder unschuldig wie vor den Hinrichtungen. Wir glauben, er würde Juls gerne vergeben – kann es aber nicht. Er ist ein harter, kalter Mann geworden, der trinkt, um zu vergessen."

Es tat Cruz weh, so offen über Matteo zu sprechen. Er ahnte, wie schwer es für seinen Freund sein musste, mit den Taten der Vergangenheit zu leben.

Fay merkte, dass Cruz glaubte, zu viel gesagt zu haben. Er war aufgestanden und dabei, sich von ihr abzuwenden, aber es gab noch etwas, das sie mit ihm besprechen wollte.

Darum trat sie zu ihm und hielt ihn am Arm zurück.

„Cruz, ich … danke, dass du so offen zu mir warst."

Sein Blick war verschleiert, er verbarg jede Regung, aber er wartete, dass sie fortfuhr. Unsicher flüsterte sie:

„Du wolltest wissen, wenn Chloé aufwacht."

Fay schob das Kinn vor, um Stärke und Entschlossenheit zu demonstrieren.

„Sie ist heute Nachmittag aufgewacht, und … wir hatten eine Auseinandersetzung."

Cruz horchte auf. Eine Falte grub sich in seine Stirn.

„Was war los?"

Fay schüttelte hilflos den Kopf.

„Ich weiß nicht, sie … ist wie ausgewechselt. Ich … erkenne meine Schwester kaum wieder. Sie gibt mir die Schuld und … und anscheinend ist das Wort dieses Psychos mehr wert als meins."

Das Geständnis

Die Hüter hatten sich in ihrem unterirdischen Geheimversteck unter der Kapelle versammelt. In ihren Gesichtern zeigte sich Sorge, und die lebhaften Späße, die sonst zwischen ihnen herrschten, blieben heute aus. Mit wachsender Ungeduld warteten sie auf eine Meldung aus Rom. Sie waren so lange Juliens Befehlen gefolgt, dass sie nun wie verloren dahintrieben und nicht wussten, was sie tun sollten.

Alessa, Fay und Chloé waren hier im Kloster sicher untergebracht, aber was sollte aus den drei Frauen werden, die jetzt ihr Geheimnis kannten? Und was konnten sie unternehmen, um Julien zu befreien – sollte er noch am Leben sein?

Und nun schien es, als hätten sie ein weiteres Problem, das gelöst werden musste. Matteo war nüchtern genug, um ein halbwegs vernünftiges Gespräch zu führen, und er hatte darum gebeten, dass sich alle versammelten.

Gespannt warteten sie darauf, was er ihnen zu sagen hatte.

Cruz, der zu unruhig war, um sich zu setzen, lehnte mit dem Rücken an einer der Säulen, welche die verborgenen Räume stützten. Die hochmoderne Anlage hatte Cecil entworfen. Obwohl sie sich tief unter der Erde befand, hatte er es geschafft, Räume zu erschaffen, die weder erdrückend noch beengend waren. Das kühle Weiß, das milchige Glas und die glänzenden Oberflächen wirkten zwar nicht unbedingt wohnlich, aber sie schafften Weite. Es gab einen mächtigen Flachbildschirm, eine Ledersitzgruppe, groß genug, dass alle darauf Platz fanden, und ein Sicherheitssystem, das seinesgleichen suchte.

Cruz' Blick hing an Matteo, der die für ihn typische verschlossene Körperhaltung eingenommen hatte. Er trug eine Jeans und ein einfaches Hemd. Cruz kniff die Lippen zusammen, als er die Armstulpen deutlich unter dessen Hemdsärmeln hervorschauen sah. Gute Tarnung sah anders aus, und Matteo musste das auch wissen.

„Was gibt es?", fragte Arnulf ungeduldig, und sein Blick forderte den Jüngeren auf, endlich mit der Sprache herauszurücken.

„Das wirst du erfahren, wenn alle ihre Klappe halten!", gab der kaltschnäuzig zurück und steckte gelangweilt die Daumen in die Gürtelschnallen seiner Jeans.

Louis kniff schon gefährlich die Augen zusammen, und Cruz wartete nur darauf, dass einem der Kragen platzte.

Anscheinend erkannte auch Matteo, dass er gleich Prügel kassieren würde, und trat einen Schritt zurück.

„Na schön", setzte er an und sah in die mürrischen Gesichter der anderen Hüter. „Was ich euch zu sagen habe – wird euch nicht gefallen, und ich habe selbst … nun, sagen wir, ich habe versucht, zu vergessen, was passiert ist."

„Du meinst, du hast versucht, es in Alkohol zu ertränken!", wurde er von Claudio unterbrochen.

Als hätte Matteo so eine Reaktion erwartet, zuckte er gleichgültig die Schultern.

„Nenn es, wie du willst, Bruder – es wird dadurch nicht besser. Ich weiß, dass ich damit früher zu euch hätte

kommen müssen, aber …" Matteo sah in die Runde. „…
aber auch ich habe ein Gewissen – das zumeist mein Feind
ist." Er atmete tief ein und presste seine nächsten Worte
beinahe hervor. „Ich habe Scheiße gebaut, und … und das
hat vermutlich Gabriel das Leben gekostet."

Das eisige Schweigen, das dieser Offenbarung folgte,
dauerte mehrere Herzschläge lang, ehe Said sich erhob und
mit Mordlust in den Augen auf ihn zuging.

„Was bedeutet das? Erkläre es!", verlangte er drohend,
und das Schwarz seiner morgenländischen Augen schien
Matteo wie ein Armbrustbolzen zu durchbohren. Keinem
war entgangen, dass Said die Klingen seiner Armstulpen in
seine Handflächen hatte gleiten lassen. Und alle wussten um
die Wirkung der in Rubinstaub gehärteten Schneiden ihrer
Waffen. Auch Matteo.

Der hatte inzwischen seine Selbstsicherheit eingebüßt, als
ihm klar wurde, dass jeder der Anwesenden lieber ihn als
Gabriel tot gesehen hätte.

Er verschränkte verteidigend die Hände vor der Brust
und mied den Augenkontakt.

„Drängt mich nicht! Ich bin ja hier, um reinen Tisch zu
machen."

„Du bist hier, weil Arjen deinen versoffenen Hintern von
Kildale hierhergeschafft hat!", verbesserte Arnulf.

Matteos Kiefer zuckte. Anscheinend hatte der Sachse ins
Schwarze getroffen.

„Männer …", ging Arjen dazwischen, und allein, wie er
beschwichtigend die Hände hob, zeigte Wirkung. „Wir sind
alle erschüttert über Matteos Bekenntnis, aber wenn wir
erfahren wollen, was genau er damit sagen will, sollten wir
ihm Gelegenheit geben, sich zu erklären."

Da keiner einen Einwand erhob, sondern alle betroffen

den Blick senkten, nickte Arjen Matteo zu, damit dieser weitersprach.

Cruz bewunderte Arjen um dessen friedfertiges Wesen. Arjen war ein hervorragender Kämpfer, aber er verabscheute Gewalt und neigte eher dazu, seinen Kopf statt seiner Waffen zu benutzen.

„Ich bin euch vor einiger Zeit nach Paris gefolgt", begann Matteo seine Erklärung. „Ich hatte eine schlimme Zeit hinter mir … Alkohol, Drogen … und billige Weiber." Er schüttelte den Kopf, um diese Erinnerung abzuschütteln. „Es war mir, als verlöre ich den Verstand. Ich musste da raus und hatte auf eure Hilfe gehofft. Ich habe mit Gabriel telefoniert, und der sagte, es sei keine gute Idee, nach Irland zu kommen, weil sich der Großteil von euch in Paris befände. Also ging ich dorthin."

Cruz runzelte die Stirn. Es war ihm neu, dass Matteo sich ebenfalls in Paris aufgehalten hatte. Gespannt wie alle anderen wartete er, was Matteo noch berichten würde. Es graute ihm, den Dingen um Gabriels Tod auf den Grund zu gehen, aber andererseits konnten sie vielleicht endlich erfahren, wer ihm das angetan hat.

„Ich zog durch die Bars von Paris, machte so weiter wie zuvor und nahm mir eine Französin mit ins Hotel. Ich traf sie an einem der ersten Abende – sie war ein guter Fick, also …"

„Uns interessiert nicht, was dein Schwanz in Paris getrieben hat!", unterbrach Arnulf und schlug mit der Faust auf den Tisch. „Was du mit Gabriel zu schaffen hattest – das wollen wir hören!"

Matteo schüttelte den Kopf.

„Halte den Mund und höre zu! Es hat schon seinen Grund, warum ich euch das erzähle", verteidigte sich

Matteo laut. „Ich habe mich mehrmals mit Gabriel getroffen. Er … es war wie früher, wir redeten – und ich fühlte mich verstanden. Er sagte, ich sollte zu euch zurückkehren. Meinen Frieden mit Juls machen, und … und dann sagte er, er müsse jetzt los, weil ihr den Rubin des Nachfahren von Konstantin dem Großen bekommen würdet. Er sagte auch, dass Julien es für sicherer halte, wenn Gabriel die *Wahrheit* nach der Übergabe am Louvre zurück ins Versteck bringen würde."

„Das wissen wir, wir waren schließlich dabei!", rief Claudio.

„Das weiß ich, du Idiot! Aber Gabriels Mörder wusste es da vermutlich noch nicht!", rief Matteo wütend, weil man ihn ständig unterbrach.

„Wem hast du es gesagt?", verlangte Said mit schneidender Stimme zu wissen, und selbst seine nach vielen Jahrhunderten noch immer samtig fremdländische Stimmfarbe konnte daran nichts ändern.

„Ich war enttäuscht. Darüber, dass Gabriel mich in meinem Elend sitzen ließ, und darüber, bei eurer Mission nicht dabei zu sein." Matteos Kiefer zuckte wieder. „Also tat ich, was ich besonders gut kann. Ich ging saufen … und fickte die Französin. Sie fragte, warum ich so grob sei, und in meinem Suff … sagte ich es ihr."

Er schüttelte über sich selbst den Kopf. „Wer hätte mit dem unsinnigen Gefasel schon etwas anfangen können? Ohne all das Drumherum musste sie das doch für das Geschwafel eines Säufers halten. Aber dann wurde Gabriel ermordet, und … und je länger ich jetzt darüber nachdenke, umso mehr glaube ich, dass diese Schlampe mehr über mich wusste als ich über sie. Vielleicht sogar mehr über uns alle."

„Heilige Scheiße, Matteo!", wütete Arnulf und sprang

mit geballten Fäusten auf. „Was hast du ihr denn sonst noch so von uns erzählt?"

Matteo zuckte hilflos mit den Schultern.

„Ich weiß es nicht! Ich war besoffen! Viel zu viel, vermutlich."

Die Männer riefen durcheinander, und die Stimmung gegen Matteo kochte immer höher. Gewalt lag in der Luft.

Cruz stieß sich von der Säule ab und stellte sich neben den Außenseiter. Seine Lippen waren schmale Striche. Auch er verspürte Zorn, aber andererseits mochte er seinen ehemaligen Gefährten nicht verurteilen.

„Beruhigt euch!", brüllte er und stieß einen Pfiff durch die Finger aus. „Matteo hat einen Fehler gemacht. Das sieht er wenigstens ein. Jeder von uns hatte im Laufe der Zeit schon schwache Momente. Wisst ihr noch, warum wir uns alle mithilfe des Elixiers unsterblich gemacht haben? Weil wir einander helfen und uns gegenseitig das Gewissen sein wollten. Wir hätten wissen müssen, dass einer allein fehlbar ist. Wir haben auch zugelassen, dass das passiert." Er sah Matteo aufmunternd an und wandte sich erneut an die anderen Hüter. „Juls würde wollen, dass wir aufhören, über etwas zu streiten, das bereits geschehen ist, und stattdessen anfangen, herauszufinden, wer diese Frau war und was sie vorhat."

Matteo nickte dankbar.

„Ich kann euch dabei helfen. Ich war in den letzten Tagen ja nicht untätig. Weil ich Angst hatte, euch alles zu erzählen, hab ich mich in Kildale verschanzt und versucht, etwas über die Frau – ihr Name ist Jade – in Erfahrung zu bringen. Aber sie scheint wie vom Erdboden verschwunden zu sein. Beinahe, als hätte sie ihre Spuren absichtlich beseitigt."

„Das klingt zumindest nicht nach dem Wanderer. Der macht seine Geschäfte allein. Und er macht sich nicht die Mühe, seine Spuren zu verwischen, weil er das Spiel und seine Siege zu sehr genießt", schlussfolgerte Arjen und ging nachdenklich auf und ab. „Damit bleiben noch unsere *Freunde* in Rom. Die haben ganz offensichtlich ihr Abkommen mit uns gebrochen, aber Marzia hätte andere Mittel und Wege gewählt, uns zu schaden. Auf gut Glück eine Hure in Matteos Bett zu platzieren, scheint mir abwegig."

„Bleibt nur noch die *Bruderschaft des wahren Glaubens*", stimmte Claudio besorgt zu.

Cruz überlegte fieberhaft, was das bedeuten mochte. Wie nah konnte ihnen die Bruderschaft mithilfe dieser Frau gekommen sein? War die *Wahrheit* hier noch sicher? Hatte Matteo in seinem Suff womöglich auch ihr Versteck verraten? Sie mussten auf das Schlimmste vorbereitet sein, denn das Netzwerk ihrer Feinde war weitreichend.

„Wir müssen die Sicherheitsstufe erhöhen", warf er ein. „Matteo sagt, er war mehrere Tage in Kildale, und … nachdem Arjen ihn vor den Augen des Wirts hierhergebracht hat … wir wollen keine Fragen aufwerfen."

Die Männer nickten zustimmend.

„Arnulf, prüfe die Verträge. Einige der Dörfler leben schon zu lange im Ort. Es wäre ohnehin an der Zeit, einen Austausch vorzunehmen, um weiterhin unentdeckt hier leben zu können. Der Wirt muss gehen. Bald."

Arnulf nickte, erhob sich und verschwand im Büro, in dem sie alle Miet- und Pachtverträge für jedes einzelne Haus von Kildale aufbewahrten. In den Augen der Dorfbewohner war der ganze Ort Eigentum der katholischen Kirche, doch in Wahrheit war es der Besitz der

Hüter. Keiner, der hier lebte, stammte ursprünglich von hier, und die Hüter ließen in regelmäßigen Abständen Miet- und Pachtverträge auslaufen, damit keiner auf die Idee kam, sich über die nicht alternden Männer im Kloster Gedanken zu machen. Das war nur eine Vorsichtsmaßnahme, denn, sobald sie die braunen Mönchskutten trugen, wurden sie von niemandem mehr als Individuen wahrgenommen. Sie verschwammen dann zu einer gesichtslosen Gruppe Männer, die zurückgezogen hinter den hohen Mauern lebten.

„Außerdem sollte Matteo zurück nach Paris gehen und versuchen, die Frau zu finden. Wir wollen keine bösen Überraschungen erleben. Wenn du sie gefunden hast, folge ihr. Wir müssen wissen, mit wem sie sich trifft, und für wen sie arbeitet."

Matteo nickte.

„Soll ich allein gehen?", fragte er, offensichtlich nicht scharf darauf, einen Babysitter zur Seite gestellt zu bekommen.

„Ja. Lass die Finger vom Alkohol und finde diese Frau! Du schuldest es Gabriel, uns hierbei zu unterstützen."

Cruz wusste, es war grausam, Matteo mit Gabriel zu erpressen, aber er musste sich diesmal auf ihn verlassen können.

„Und wir ..." Cruz sah reihum in die Gesichter von Juliens Männern. „Wir verstärken die Bewachung. Mehr Männer auf der Mauer, die Waffen griffbereit ... und Cecil, du prüfst die Technik. Ich will wissen, wenn jemand versucht, sich in unser System zu hacken. Verkürze den Intervall, in dem der Zugangscode zum Tresor erneuert wird."

„Was machen wir mit den Frauen?", fragte Claudio. „Ist

es nicht ein komischer Zufall, dass sich gerade jetzt so viele *Gäste* innerhalb der Mauern befinden?"

Cruz rieb sich das Kinn. Der Gedanke war ihm auch schon gekommen, aber er hatte sich dagegen verwehrt, dass eine der drei Frauen auf der Seite ihrer Feinde stehen könnte.

„Alessa ist Gabriels Tochter. Sie hat ihr Augenlicht für uns gegeben, und ich vertraue ihr", stellte er klar und hoffte, damit das Thema beenden zu können.

„Ich spreche nicht von Alessa. Sie ist alt und blind – in ihr sehe ich keine Gefahr. Aber was ist mit der Rothaarigen und ihrer Schwester? Traust du ihnen?"

Cruz fluchte leise in sich hinein.

„Herrgott, Claudio! Frag mich nicht, was ich tue. Juls hat Fay vertraut, das ist für mich alles, was ich wissen muss. Und ihre Schwester … hast du sie dir einmal angesehen? Hast du gesehen, was der Wanderer ihr angetan hat? Er hat das Mädchen zerstört. Fay erkennt sie kaum wieder." Er fuhr sich durch die Haare und sah Claudio entschlossen an. „Wenn du ihnen nicht traust, dann hab meinetwegen ein Auge auf sie, aber ich bin sicher, unsere Feinde kommen von außen – und nicht in Gestalt zweier schwacher Frauen."

GELIEBTER

———————◆———————

C hloé hatte die Augen geschlossen. Sie genoss die Dunkelheit, die es ihr ermöglichte, die Welt, in der sie sich befand, auszublenden und sich nur auf ihre Empfindungen zu konzentrieren.

Mit wachsender Verzweiflung strich sie über den heilenden Schnitt an ihrer Handfläche. Sie glaubte beinahe, *seine* Zunge über die Wunde gleiten zu fühlen. Meinte das Brennen zu spüren, das diese Berührung begleitet hatte, und das Kribbeln, das ihren Körper wie ein Blitz entflammt hatte.

Langsam ließ sie die Hand an ihre Kehle wandern, durch die der Sauerstoff heute nur schwer seinen Weg fand. Ihre Bronchien krampften, und sie fühlte sich schwach. Aber zugleich weckte diese Schwäche Erinnerungen, die sie nicht zerstören wollte, indem sie einen Hub ihres Asthmasprays einatmete.

Pfeifend sog sie die Luft in ihre Lunge. *Er* hätte es geliebt. Chloé spürte das Pulsieren zwischen ihren Beinen, und sie ließ ihre Hand von der Kehle abwärts zu ihren Brüsten gleiten. Ihre harten Knospen reckten sich ihrer Berührung entgegen, und sie sehnte sich nach Schmerz.

Keuchend und nach Atem ringend öffnete sie die Augen und starrte auf die kahlen Wände der Klosterzelle.

Sie schlug sich auf den Kopf und biss sich auf die Lippe,

bis sie Blut schmeckte. Der warme, kupferne Geschmack war beruhigend und lockte sie wieder in die Dunkelheit. Zurück in die Erinnerungen an die Erlebnisse in Rom. Das Sehnen in ihrem Schoß trieb sie aus dem Bett, und zum ersten Mal seit Tagen überlegte sie, sich anzukleiden. Die Verletzungen des Geißelgürtels hatten zu sehr geschmerzt, als dass sie die Berührung von Kleidung ertragen hätte. Chloé ließ die Decke fallen und berührte die dunklen wulstigen Wunden, die *er* ihr zugefügt hatte. Sie sah sich jeden Bluterguss an und jeden Striemen, den seine Schläge und Zähne an ihrem Körper hinterlassen hatten. Spürte seinen eisigen Atem auf ihrer Haut und seine Hände an ihrer intimsten Stelle. Zitternd schnappte sie nach Luft und verfluchte sich selbst. Panisch griff sie sich das erstbeste Shirt von dem Stapel, den die Hüter ihr gebracht hatten. Schnell schlüpfte sie hinein und versuchte das Gefühl des Stoffes auf ihren bloßen Brüsten zu ignorieren, aber das Bild von sich selbst, in *seinem* teuren schwarzen Kleid auf ihrem nackten Leib drängte in ihre Gedanken und trieb sie an den Rand des Wahnsinns.

„Würde ich dich ficken wollen, würde ich dir zuerst dieses Kleid vom Leib reißen. Vielleicht würde ich deine kleinen Titten kneten."

Er schob seine freie Hand in ihren Ausschnitt und tat genau das. Chloé wand sich, aber er lachte nur, als er spürte, wie ihr Körper unwillkürlich auf seine Berührung reagierte.

Kurzerhand drehte er sie um, sodass sich ihr Busen gegen die Scheibe presste, und schob ihr das Kleid von den Schultern. Der schimmernde Stoff rutschte zu Boden.

Seine Brust drückte sich gegen ihren Rücken, und Chloé schluchzte. Er leckte ihren Nacken und hielt sie an ihren Locken fest, während er seine Hand von hinten zwischen ihre Beine schob.

Er tat nichts, aber Chloé spürte seine Finger an ihrer empfindlichsten Stelle.

Sie wimmerte, und er biss ihr leicht ins Ohr, ohne jedoch seine Hand zurückzuziehen.

„Du hast mich Arschloch genannt, süße Chloé", flüsterte er ihr mit eisigem Atem ins Ohr. „Wäre ich ein Arschloch, dann würde ich dich jetzt hier an der Scheibe nehmen – und ganz Rom könnte uns dabei zusehen."

Seine Finger verharrten still an der Innenseite ihrer Schenkel, und, obwohl er sich verweigerte, sie weiter zu bedrängen, fühlte sie seinen Triumph, denn ihre Feuchtigkeit, die ihm auf die Hand lief, zeigte ihm, dass sein Spiel auch sie erregte. Mit diesem Wissen drehte er sie zu sich um.

„Aber ich bin dein Geliebter, der nur kommt, um mit dir zu tanzen, nicht wahr? Hilf mir auf die Sprünge, Chloé: Wer bin ich? Sag es mir!"

Der Höhepunkt nahm Chloé den Atem, und sie sank zitternd auf die Knie. Wellen der Lust spülten über ihren geschundenen Körper, und sie krallte die Finger so fest in den Steinboden, dass ihre Nägel splitterten.

„Geliebter", flüsterte sie und lehnte die Stirn gegen den kalten Stein. Sie bekam keine Luft, ihr wurde schwarz vor Augen – und es war ihr egal. Sie wollte sterben.

Als sie wieder zu sich kam, sah sie Fays besorgtes Gesicht über sich. Sie war zu schwach, sich zu wehren, als Cruz seine Arme um sie legte und sie ins Bett hob.

„Fass mich nicht an!", japste sie, aber er tat so, als höre er sie nicht. Cruz hob ihren Oberkörper noch einmal an, damit Fay ihr das Kopfkissen bequem unter den Rücken stecken konnte.

„Sie hat sich für den Anfang sicher zu viel zugemutet", versuchte Fay, Chloés Zusammenbruch zu erklären, und strich ihr dabei zärtlich die verschwitzten Locken aus dem Gesicht. „Ich hätte bei ihr bleiben müssen, aber als ich ging, da hat sie geschlafen."

Cruz fasste beschwichtigend nach Fays Hand.

„Das ist nicht deine Schuld. Und sie ist auf dem Weg der Besserung, wenn sie aufzustehen versucht. Vielleicht kann ich mich morgen in Ruhe mit ihr unterhalten. Wir haben einige Fragen …"

Fay nickte. „Ich weiß."

Chloé schnaubte, und dabei brannte ihre Kehle, als hätte *er* sie gewürgt.

„Warum lasst ihr mich nicht einfach in Ruhe?", stieß sie hervor und funkelte die beiden böse an. „Verpisst euch, ich brauche keine Aufpasser!"

„So ein Unsinn, Chloé. Natürlich brauchst du jemanden. Du wärst erstickt, wenn wir dich nicht gefunden hätten", erklärte Fay.

„Dieser Jemand bist sicher nicht du! Tut mir leid, Fay, wenn du keinen anderen Sinn in deinem jämmerlichen Leben siehst, als mich zu bemuttern. Aber in den letzten Tagen habe ich eines ganz deutlich erkannt: Ich bin kein Kind mehr, das von dir gegängelt und behütet werden will."

Chloé sah ihre Schwester nicht an, denn sie wollte den Schmerz in Fays Gesicht nicht sehen. Sie wollte ihr nicht wehtun, aber diese unterschwellige Wut, ihr unerklärliches Verlangen nach … was immer es war, es hatte die Kontrolle übernommen, und Chloé brachte nicht die Kraft auf, sich dagegen zu wehren.

„Du meinst das nicht so! Du stehst unter Schock!", rief Fay wütend. „Wenn du wieder zu dir kommst, dann wirst du das hoffentlich auch so sehen!"

„Weißt du, was ich sehe? Triste graue Mauern und spartanische Räume! Ich will hier weg, will endlich wieder frei sein und selbst über mein Leben bestimmen können. Und zurück in unser beschissenes Leben in Paris will ich nicht!", presste Chloé mit großer Anstrengung hervor.

Obwohl Fay ihr das Asthmaspray reichte, verwendete sie es nicht. Ihre Schwäche zeigte ihr, was sie wirklich wollte – und wer ihr das geben konnte.

Fay stemmte die Hände in die Hüften und schüttelte verständnislos den Kopf.

„Ich habe mir den Arsch für das aufgerissen, was du *beschissenes Leben* nennst, Chloé! Und es ist leider alles, was wir haben. Sehn dich also lieber nicht hier weg, denn etwas Besseres erwartet uns dort draußen nicht!"

Damit drehte sich ihre Schwester wütend um und rannte aus dem Raum.

Cruz stand noch unsicher zwischen Tür und Angel. Er sah so aus, als würde er Fay am liebsten folgen, aber er tat es nicht. Chloé hämmerte das Herz wild in der Brust, als ein Gedanke laut wie ein Schrei in ihrem Kopf widerhallte.

„Du wirst mir nichts verweigern, dann gebe ich dir alles, was du begehrst. Wenn du mir gibst, was ich will, dann bekommst du nicht nur das, sondern alle Reichtümer, die du dir erträumst … und Unsterblichkeit."

Sie schloss die Augen, und eine Träne rann über ihre Wange. Sogleich war Cruz bei ihr und setzte sich an ihre Seite. Als sie die Augen wieder öffnete, bemerkte sie, dass er den Blick auf ihre nackten Beine mied, als er ihr tröstend die Hand reichte.

Kraftlos setzte sie sich im Bett auf und schlang ihm die Arme um den Hals. Sie klammerte sich an seine starken

Schultern und weinte. Dabei glitt sie auf seinen Schoß und drängte sich schluchzend an ihn.

———————◆———·————

Cruz versteifte sich, als Chloé sich beinahe unbekleidet an ihn presste. In ihrer Not war ihr sicher nicht bewusst, was sie tat, aber bei allem, was ihm heilig war, ihm war es bewusst. Um sie zu beruhigen und sich abzulenken, streichelte er ihr weiter sanft den Rücken. Ihr Atem kam rasselnd, und er spürte deutlich ihre kleinen, festen Brüste durch den dünnen Stoff ihres Shirts, die sich bei jedem Schluchzen an ihm rieben.

„Beruhige dich, alles wird gut", flüsterte er geduldig und betete, sein Körper möge nicht auf die unerwartete Nähe zu diesem Mädchen reagieren. Sie hatte wirklich schon genug durchgemacht, und er wollte sie auf keinen Fall erschrecken.

Sie ließ ihre Hände in seinem Nacken sinken und sah ihn mit großen, tränennassen Augen an. Ihre Lippen, vom Sauerstoffmangel schon blau, waren nur wenige Zentimeter von seinen entfernt.

„Hilf mir. Bitte, hilf mir. Lass mich vergessen, was er getan hat. Lass mich seine Berührung vergessen", flehte sie atemlos und drängte sich zu einem harten Kuss an ihn. Verzweifelt riss sie sein Hemd aus der Hose, und ehe Cruz sich versah, saß sie rittlings auf seinem Schoß.

Wie versteinert saß er da und überlegte fieberhaft, wie er sie aufhalten sollte. Er verstand ihre Not, aber was sie vorhatte, war keine gute Idee.

„Chloé, das ... wir ..."

„Bitte, Cruz. Wann immer ich die Augen schließe, spüre

ich seine Hände auf mir. Ich kann das nicht länger ertragen. Lass mich dich fühlen, vielleicht …“, sie holte pfeifend Luft und hustete.

Cruz spürte, wie seine Männlichkeit auf ihre direkte Aufforderung reagierte, und sie spürte es auch. Sie streifte ihm das Hemd von den Schultern und zog sich mit einer knappen Bewegung das Shirt über den Kopf.

„Hilf mir!“, verlangte sie und legte seine Hand auf ihre Brust. Cruz fühlte ihre Haut unter seinen Fingern, ihre Brustwarze, die sich hart gegen seine Handfläche presste, und ihre Lippen auf seinem Hals. Und trotzdem konnte er nicht tun, worum sie ihn bat. Es war nicht richtig, und er glaubte nicht, dass er ihr damit helfen würde.

Entschlossen fasste er Chloés Hände und schob sie von sich. Sein Blick glitt über ihren misshandelten Körper, und jede Erregung, die er gerade noch verspürt hatte, erlosch, als er die erschreckenden Spuren des Wanderers sah.

„Es tut mir leid, Chloé, aber … ich kann dir nicht helfen“, erklärte er ruhig. Zärtlich wischte er ihr eine Träne aus dem Augenwinkel.

Sie riss ihre Hände los und blickte ihn abfällig an. Ihre Stimme klang erstickt, und ihm schien, als hätte sie Schmerzen.

„Sieh an, noch einer, der meine Schwester fickt. Gibt es in diesem Kloster irgendeinen, der seinen Schwanz noch nicht in ihr hatte? Dann schick mir den!“

Cruz sprang so schnell auf, dass der Stuhl umkippte, und trat an die Tür. Er musste Distanz zwischen sich und das Mädchen bringen, denn er verspürte den Impuls, sie zu schlagen. Durch zusammengebissene Zähne knurrte er: „Niemand fickt deine Schwester – und niemand fickt dich! Du merkst dir das besser, denn ich werde nicht tatenlos zusehen, wie du Fay weiter beleidigst."

Mit einem Knall, der durch das ganze Kloster hallte, donnerte er die Tür zu und hoffte, Chloé und ihre Dämonen damit zum Schweigen zu bringen. Er zitterte, so unbändig war seine Wut auf den Wanderer, der die junge Frau offensichtlich um den Verstand gebracht hatte.

Als Cruz die Tür hinter sich zuschlug, beeilte sich Chloé, diese von innen zu verschließen. Sie sah ihr Spiegelbild im Fenster, aber ihr irres Lächeln entging ihrer Wahrnehmung. Mit einem Ruck zog sie die Vorhänge zu und stieß hektisch den umgestürzten Stuhl beiseite. Ihre Finger kribbelten, und sie wusste, sie sollte schnell ihr Spray verwenden, aber sie wollte noch warten. Warten, dass *er* …

Sie schlug sich das Knie blutig, als sie zu Boden sank, um das Hemd an sich zu reißen, das sie Cruz abgestreift hatte.

Sogleich ertasteten ihre Finger, wonach sie gesucht hatte.

Jeder Atemzug war eine Qual, als lastete ein tonnenschweres Gewicht auf ihrer Brust, aber sie lächelte selig.

Auf Knien

E r strich über den Pelz seines Kragens und genoss das Gefühl des toten Tieres unter seinen Fingern. Wer hätte gedacht, dass er nach all den Jahrhunderten wieder Vergnügen bei einem seiner Spiele verspüren würde? Normalerweise legte er keinen Wert auf irgendwelche Gefühle. Sie waren ihm langweilig geworden. Gleichgültig. Das Einzige, was ihn beständig gut unterhalten hatte, war Schmerz. Sein eigener, ebenso wie der von anderen.

Doch nun …

Er legte das Telefon beiseite und konnte nicht leugnen, dass ihn eine erregende Vorfreude ergriffen hatte, als er ihre Stimme gehört hatte.

Sie war also wirklich sein! Er hatte sie nach seinen Regeln erschaffen, und nun gehörte sie ihm allein.

Sein Schwanz presste sich steinhart gegen das Leder seiner Hose, aber, anstatt sich Erleichterung zu verschaffen, trat er auf den großen Balkon und blickte über Rom. Die Nacht war schwül. Der Schweiß klebte ihm am Körper, und kein Lüftchen brachte Erleichterung. Es war eine Nacht für Gewinner.

Die zu fantastischen Figuren getrimmte Hecke vier Stockwerke unter ihm verliehen der Dunkelheit etwas Unheimliches. Als lauere Gefahr zwischen den wispernden

Zweigen und knarzenden Ästen.

Als fühlten plötzlich auch die Vögel des Gartens das Böse näher kommen, stoben sie auf, und ihr hektischer Flügelschlag der Angst, durch das Echo der Nacht verstärkt, erinnerte den Wanderer an Chloés flatternden Herzschlag.

Ihre Angst war reinste Ambrosia, und es verlangte ihn danach, sich wieder daran zu laben. Er atmete tief die schwere Luft ein und lächelte kalt. Schon bald würde er das tun und sich dann endlich nichts mehr verwehren. Dann würde sie ihm gehören, mit Haut und Haaren. Doch zuerst würde eine andere Frau auf Knien vor ihm liegen und um Gnade flehen.

Sein eisiges Lächeln verwandelte sich zu einer grausamen Grimasse, als er sich seine Rache an Marzia Colucci in satten, blutroten Farben ausmalte. Er hatte lange gewartet, und nun war es Zeit, der Sklavin ihren Platz im Dreck zu zeigen und ihr zu nehmen, was er ihr gegeben hatte. Die Unsterblichkeit.

Noch einmal nahm er das Bild des nächtlichen Roms in sich auf. Das Meer aus goldenen Lichtern untermalt von einer Symphonie hupender Autos und Sirenen, die in der Ferne wie der Gesang von Vögeln klang. Der heiße Atem der Heiligen Stadt schlug ihm dampfend entgegen, und es war ihm, als wäre die Stadt am Tiber ein sich windendes Tier, das den rubinroten Todesspeer kommen sah, den er tief in ihr Herz – den Glauben – stoßen würde, nur, um Marzia zu treffen.

Er wandte sich ab und ging zurück in die luxuriöse Suite, in der er sich Chloé untertan gemacht hatte. Hier, auf dem Pelz des Silberfuchses, hatte er sie gebrochen und ihr Lust und Schmerz gezeigt.

Zärtlich strich er über das schimmernde Fell und glaubte beinahe, ihre Ekstase zu riechen.

Er würde sie reich belohnen für die Freude, die sie ihm bereitet hatte – und noch bereiten würde. Ihr erstes Geschenk an ihn hatte sie ihm gerade gemacht, und er würde nicht zögern, es anzunehmen.

Er überlegte, seine Nachricht an Marzia mit seinem eigenen Blut zu schreiben, um ihr zu zeigen, wie viel ihm seine Rache bedeutete, aber wie alle Unsterblichen blutete er nicht. Das war bedauerlich, denn er hätte der Metze zu gerne gezeigt, was sie erwartete. Andererseits ... liebte er Überraschungen!

———— •◆• ————

Am neugierigen Blick von Paschalis erkannte Marzia Colucci, dass sie offenbar kreidebleich aussah. Er schien zu erwarten, dass sie ihn an dem Inhalt der Nachricht teilhaben ließ.

Um Fassung bemüht, strich sie sich den Blazer vor der Brust glatt und benetzte ihre Lippen. Dann hob sie den Blick und begegnete dem des Kardinals mit gewohnter Souveränität.

„Danke, Eminenz. Ihr könnt euch zurückziehen. Ihr werdet im Moment nicht gebraucht."

„Aber, Signora, wollen Sie mir nicht sagen, was in der Nachricht steht? Wie sollen wir weiter verfahren? Wiederholt er seine ...", sein Kopf nahm die Farbe seiner Soutane an, „... seine ungehörige Forderung?", presste der Kleriker aus seiner massigen Brust und wischte sich unauffällig den Schweiß von der Stirn.

Marzia bog ihren Rücken durch und legte gelassen die

Hände auf Paschalis' Schreibtischplatte. Obwohl sie das so beiläufig tat, kam es einer Drohung gleich.

„Wie ich bereits sagte, Kardinal, werden Eure Dienste im Moment nicht gebraucht." Sie sah ihn eindringlich an. „Ich werde diese Sache … regeln. Warum besucht Ihr nicht für einige Tage Euren Vetter in Mailand?"

Ihr Mundwinkel zuckte leicht, als sie bemerkte, wie wütend Paschalis ihr indirekter Befehl machte, sich aus der Sache herauszuhalten. Aber sie hatte nicht vor, seine Einmischung noch länger zu dulden. Er musste froh sein, wenn er Mailand lebend erreichte, denn sie hatte guten Grund, ihn eigenhändig zu erwürgen. Es war seine Schuld, dass nun alles aus dem Ruder lief. Schließlich hatte er dem Wanderer und damit ihrer Vergangenheit die Tür geöffnet.

„Mailand, Signora?"

Ohne ihn eines weiteren Blickes zu würdigen, setzte sie sich wieder auf den Stuhl hinter seinem wuchtigen Schreibtisch, so, als wäre es ihrer – und er nur eine lästige Angelegenheit, die sie gerade bereinigte.

„Mailand soll schön sein um diese Jahreszeit. Gute Reise, Kardinal."

Erst, als sich Paschalis' wütende Schritte entfernten und sich Augenblicke später die Tür mit einem dumpfen Laut hinter ihm schloss, erlaubte Marzia sich, ihren Gefühlen freien Lauf zu lassen.

Ihre Finger gruben sich in das raue Stück Papier, das den Lorbeerduft des Wanderers verströmte und das pures Grauen in ihr wachsen ließ. Sie zitterte, als sie noch einmal Wort für Wort las. Es war lange her, dass sie dem Wanderer nahe gewesen war, aber jedes seiner Worte war wie einer seiner Peitschenhiebe – und sie spürte seine Wut.

Wenn sie doch nur einen Ausweg sehen würde!

Als entströmte dem Brief ein Gift, schob sie ihn möglichst weit von sich und rieb sich ihre kalten Finger.

Sie verfluchte Julien Colombier für seinen Verrat, und dennoch bereitete es ihr keine Befriedigung, ihn unter unwürdigen Bedingungen tief in den unterirdischen Gängen des Vatikans gefangen zu wissen. Sie schlug mit der Faust auf den Tisch. Es war zum Verrücktwerden. Endlich hatte sie ein Druckmittel gegen die *Hüter der Wahrheit* in der Hand – und es verschaffte ihr dennoch keinen Vorteil. Julien hatte ihr glaubhaft versichert, dass keiner seiner Männer die *Wahrheit* oder auch nur ihr Versteck preisgeben würde, nur um sein Leben zu retten.

Sie musste sich also, ob sie wollte oder nicht, auf die Forderung des Wanderers einlassen, um ein für alle Mal das Problem mit der *Wahrheit* zu lösen.

Wenn er wirklich wusste, wo sich das Versteck der Hüter befand, dann …

Sie biss sich auf die Lippe und versuchte, das Grauen zu verdrängen, das sie bei der Vorstellung überfiel, sich ihrem früheren Peiniger auf Gedeih und Verderb auszuliefern. Sämtliche Alarmglocken schrillten in ihrem Kopf, und es fühlte sich an, als erinnerte sich jede Faser ihres Körpers an die unvorstellbaren Schmerzen, die er ihr in der Vergangenheit mit so viel Lust zugefügt hatte.

Mit zitternden Fingern zog sie den Brief wieder zu sich heran und schloss ihn sorgfältig im Schreibtisch ein, als könne sie damit auch ihre Ängste wegschließen.

Ihr blieb nicht viel Zeit bis zum Treffen mit dem Wanderer. Er hatte klare Forderungen gestellt. Wie sie es über sich bringen sollte, diese zu erfüllen, wollte Marzia jetzt noch nicht in den Kopf. Sie wusste, er würde erst zufrieden sein, wenn er sie endgültig zerstört hatte. Aber so einfach wollte sie es ihm nicht machen. Sie würde vorbereitet sein. Darum stand sie auf, strich sich den kurzen Rock glatt und zog ihren Lippenstift nach, ehe sie so gefasst wie möglich den Vatikan verließ.

———◆———

Als Marzia im Wagen saß, den er geschickt hatte, um sie abzuholen, hämmerte ihr das Herz in der Brust, und sie tastete hektisch nach der Pistole mit der rubinveredelten Munition. Sie hatte keine Ahnung, wohin er sie brachte, denn die Scheiben der Limousine waren derart dunkel getönt, dass ihr der Blick nach draußen verwehrt blieb.

Ihr Versuch, mit dem Fahrer zu sprechen, war ebenfalls gescheitert, denn der stellte sich stumm. Sie hätte nicht übel Lust, ihm die Pistole an den Kopf zu halten, um seine Zunge zu lösen, aber damit würde sie sich nur des Wanderers Zorn zuziehen. Und wenn sie eines wusste, dann, dass man ihn besser *nicht* verärgerte.

Obwohl die Nacht so schwül war wie schon die vergangenen, fror sie in der eisig klimatisierten Limousine, und sie fragte sich, ob dies bereits Teil seines kranken Spiels war.

Als der Wagen nach einer ganzen Weile zum Stehen kam, stieg der Fahrer aus und öffnete ihr hilfsbereit die Tür. Beinahe fühlte sich Marzia wegen ihrer Gedanken mit der Pistole schuldig, als er ihr blitzschnell eine Spritze in die Beuge zwischen Hals und Schulter stieß.

Sie keuchte unter der Wucht des Angriffs und stieß den Kerl von sich, als die Welt auch schon um sie herum verschwamm. Gelähmt von der Wirkung der Injektion glitt sie seitlich auf das eisige Leder der Rücksitzbank, ehe sie das Bewusstsein verlor.

———————◆·————————

Der Wanderer ließ seinen Blick über die unendlich scheinende Spiegelung des kraftlosen Körpers vor sich wandern. Er liebte diesen Raum, der Schmerz brach genau wie ein Prisma das Licht und jede Einzelheit, jede Empfindung gefächert wiedergab. Als sähe er in jedem Spiegel eine andere, noch viel intensivere Form der Qual, als würde die vielfache Sicht auf sein Werk die Wirkung verstärken.

Er lächelte, als er an die Pistole dachte, die er in Marzias Tasche gefunden hatte. Diese Närrin! Wie konnte sie nur glauben, sich gegen ihn wehren oder schützen zu können?

Seit einer Stunde saß er in seinem Spiegelzimmer und ergötzte sich am Anblick seiner wehrlosen Sklavin. Klassische Musik drang sanft an sein Ohr und versetzte ihn in heitere Stimmung. Die rechte Stimmung, sich zu amüsieren, wie er fand. Langsam kam Marzia zu sich, und er konnte es kaum erwarten, seine Rachespiele zu beginnen.

Sein Schwanz war steinhart. Obwohl Marzia noch Rock und Bluse trug, schien dieser zu spüren, dass sich das bald ändern würde.

Immerhin war sie hier. Sie war seiner Forderung gefolgt und wusste, was er wollte. Er ließ seine Hand an die Peitsche gleiten, deren rubinrote Enden sanft gegen das Leder seiner Hose schlugen. Als Marzia sich stöhnend wand und die Augen aufschlug, lächelte er kalt und begann, seinen Ledermantel mit dem Pelzkragen abzustreifen. Der panische Ausdruck in ihren Augen, als sie sich umsah, erregte ihn, und ihr köstlicher Duft nach Angst steigerte sein Verlangen.

„Hallo, Marzia. Wie schön, dass du meiner Einladung gefolgt bist. Ich bin sicher … du wirst es bereuen."

Er sah in ihren Augen, dass sie es bereits jetzt schon bereute, dabei hatte er noch nicht einmal angefangen.

„Du hast gesagt, du weißt, wo die *Wahrheit* versteckt ist. Deshalb bin ich hierher gekommen. Also, sag es mir."

Noch immer war sie zu geschwächt, sich aufzusetzen, aber er wollte kein wehrloses Weib vögeln. Er wollte, dass sie sich wehren *konnte*, es aber nicht wagte. Er wollte, dass sie schrie, wenn er sich auf sie stürzte. Er wollte sie unterwerfen, genau wie früher. Darum würde er sich die Zeit noch etwas mit Plaudereien vertreiben.

„Hast du die Nachricht gründlich gelesen? Dann weißt du, dass du mir nichts verweigern wirst, wenn du willst, was ich dir geben kann."

„Wer sagt mir, dass das nicht wieder eines deine Spielchen ist?", fragte sie misstrauisch.

Er lächelte und öffnete die erste silberne Schnalle der Ledergurte, die seine Brust umschlossen, als bändigten sie damit seine Grausamkeit.

„Es ist Teil des Spiels, Marzia, das herauszufinden. Es macht den Reiz aus, wie ich finde."

Er kniete sich neben sie und riss ihren Kopf an den schwarzen Haaren zurück, sodass sie ihn ansehen musste.

„Sag mir, Marzia, wirst du mir gehorchen … wie die Sklavin, die du einst warst?"

Sie schloss die Augen, aber er hatte ihre Niederlage darin schon erkannt.

Grob wickelte er sich ihre langen Strähnen um die Hand und zog sie daran hoch, sodass sie sich keuchend auf die Knie aufrappelte. Der Ausschnitt ihrer Bluse gab den Blick auf ihre Brüste frei, und, wie er verlangt hatte, trug sie keine Unterwäsche. Sein Verlangen war mindestens so groß wie seine Rachegelüste, und so packte er ihr Kinn und grub seine Zähne in ihre Lippe.

Kurz spürte er Enttäuschung, als er daraufhin kein Blut schmeckte. Der Gedanke an Chloés Blut, süß wie Honig, drängte in sein Unterbewusstsein, aber Marzias gequältes Keuchen vertrieb diese Erinnerung. Heute war schließlich Marzias großer Tag – oder besser ihre große Nacht.

Als er seine Lippen von ihren nahm, entwand sie sich seinem Griff, aber ihr Haar um seine Hand verhinderte eine Flucht. Er lächelte. Das Spiel begann.

„Antworte mir, Sklavin. Wirst du mir gehorchen?" Sein Ton war kalt und rau. Seine Lust tropfte aus jedem seiner Worte.

Marzia schluckte, und sein Blick hing an ihrer Kehle. Wie es sich wohl anfühlte, ihr die Luft zu nehmen? War sie atemlos genauso schön wie Chloé? Nun, er hatte vor, das schon bald herauszufinden, aber zuerst wollte er seine Antwort. Langsam, jede Regung ihrer Angst auskostend, zog er die Peitsche aus dem Riemen an seiner Hose und ließ die Rubine an den ledernen Enden klackernd über den schwarzen, glänzenden Boden gleiten.

Ohne ihren Blick von der neunschwänzigen Katze zu nehmen, flüsterte sie: „Das werde ich. Ich werde dir gehorchen, aber bitte, … tu das nicht!"

Er lachte und zog sie auf die Beine. Sie war noch schwach und taumelte gegen seine Brust, aber das störte ihn nicht. Im Gegenteil. Sein Schwanz pulsierte, als ihr Becken das Leder seiner Hose streifte.

„Wenn du willst, dass ich die Gerte wegpacke, dann wirst du mich anderweitig unterhalten müssen", raunte er in ihr

Ohr und riss ihre Bluse mit einer einzigen Bewegung auf.

Ihr Puls hämmerte an ihrem Schlüsselbein, und er ließ seine Zunge über diese verletzliche Stelle gleiten. Aus jeder Pore schmeckte er ihre Angst, und, obwohl er seine Rache in allen Zügen auskosten wollte, musste er sie jetzt haben. Es gab keinen Grund, sich das zu verweigern.

Als sie versuchte, die losen Fetzen vor ihren Brüsten zusammenzuraffen, schlug er ihr ins Gesicht, und sie wäre zu Boden gefallen, hätte er sie nicht noch immer an den Haaren gehalten.

„Unterhalte mich!", verlangte er und stieß sie von sich, um die restlichen Schnallen an seiner Brust zu öffnen.

Sein Blick, kalt wie Stahl, forderte sie auf, sich die Bluse und den Rock abzustreifen. Zitternd gehorchte sie und sah ihn dann zögernd an.

„Was verlangst du?", fragte sie, und er keuchte, so sehr erregte ihn der Anblick der alten Narben, die er vor langer Zeit auf ihrem Körper hinterlassen hatte, und das ängstliche Beben ihrer Stimme.

„Ich will dich auf Knien, Sklavin!", knurrte er und öffnete seine Hose.

Ein Laut des Triumphes entstieg seiner Kehle, als sie sich fügte.

———————◆———————

Stunden später schloss der Wanderer die letzte Schnalle an seinem Ledermantel und fuhr zufrieden mit der Hand über den weichen Pelzbesatz. Marzias Wimmern war Musik in seinen Ohren, und sie zuckte zusammen, als er sich zu ihr umdrehte.

Sie sah wunderschön aus, wie sie in den Scherben eines

Spiegels vor ihm lag: geschunden und gebrochen. Die längst verheilten Narben auf ihrem Rücken hatte er wieder aufgerissen, und obwohl sie nicht blutete, wusste er doch um ihren Schmerz. Er wusste, sie spürte noch immer seine Hände an ihrer Kehle und schmeckte seinen Schwanz auf ihrer Zunge. Doch es hatte ihm weit weniger Befriedigung verschafft, sie zu ficken, als er erwartet hatte. Das Feuer des Widerstands, der Rebellion gegen seine Dominanz, wie Chloé es verbreitete, hatte gefehlt.

Er konnte Marzia keinen Vorwurf machen. Er hatte Gehorsam verlangt – und ihn bekommen. Dafür war es gut gewesen.

„Du kannst gehen!", stellte er klar und stieß die neunschwänzige Katze zurück in den Riemen an seiner Hose. Der Tag würde kommen, an dem er Marzia damit zerstören würde, aber im Moment brauchte er sie noch für eine Sache.

„Vergisst du nicht etwas?", fragte sie laut, als er sich abwandte.

Grinsend blieb er stehen, ohne sich zu ihr umzudrehen. Er sah auch so in den Spiegeln, dass sie sich vom Boden hochstemmte, als wolle sie ihn zur Not aufhalten.

„Hast du noch nicht genug?", fragte er und registrierte das wiederkehrende heiße Pochen in seinen Lenden.

„Du weißt, was ich meine. Die *Wahrheit*. Wo ist sie?"

„Was willst du mit der Information, Marzia?", fragte er und lehnte sich lässig an die Spiegelwand.

„Das ist meine Sache."

„Richtig. Geschäft ist Geschäft, die Hure will schließlich bezahlt werden."

Er warf ihr den Rock und ihre zerschlissene Bluse zu und wartete, bis sie sich angezogen hatte.

„Dann bezahl mich – denn du hattest deinen Spaß", forderte sie und strich sich das glänzende schwarze Haar ordentlich auf den Rücken. Sie zuckte, als sie dabei den tiefen Kratzer an ihrer Schulter berührte.

Ihr Schmerz und ihr plötzliches Aufbegehren gefielen ihm, und er fühlte sein Verlangen nach einer neuerlichen Demonstration seiner Überlegenheit wachsen.

„Du wirst die Hüter endgültig vernichten müssen – das ist dir hoffentlich klar? Wenn sie wissen, dass wir ihr Versteck kennen, treiben wir sie damit in die Enge. Wer weiß, wozu sie dann fähig sind?"

Marzia hielt sich kerzengerade, als würde es sie nicht interessieren, dass sein Samen an ihren bloßen Schenkeln hinablief.

„Keine Sorge. Ich werde sie vernichten. Colombier hat mich verraten, dafür soll er die nächsten Jahrtausende in meinem Verlies schmoren und tatenlos zusehen, wie ich seine Männer einen nach dem anderen zur Hölle schicke."

„Was hast du vor?", fragte er und ergab sich seinem Verlangen. Mit zwei schnellen Schritten war er bei ihr und presste sie gegen die Spiegelwand. Die Überraschung in ihren Augen gefiel ihm, und er schob ihr den Rock bis zur Taille nach oben.

„Hör auf! Du hast gesagt, ich kann gehen!", schrie sie und schlug nach ihm.

„Der Preis für die Information – die du willst …", er öffnete seine Hose, „… hat sich gerade geändert! Wirst du den Preis zahlen, Sklavin?"

Wie zuvor, als er ihr die Wahl gelassen hatte, zu seinem Fahrer in den Wagen zu steigen, ließ er ihr auch jetzt die Wahl. Sein Sieg war größer, wenn sie sich ihm selbst auslieferte.

Er atmete ihren Atem, und seine Zunge glitt über ihre Lippe, während er ihre Antwort abwartete.

„Tu es", flüsterte sie tonlos und wandte den Blick ab, aber er packte ihr Kinn und zwang sie, ihn anzusehen, als er in sie stieß.

„Wenn wir hier fertig sind – sage ich dir, was du mit den Hütern tun wirst", keuchte er hart und drängte immer schneller in sie.

„Meine Angelegenheiten gehen dich nach dieser Nacht nichts an. Ich treffe meine Entscheidungen selbst", presste Marzia hervor. Die Striemen an ihrem Rücken mussten durch die Reibung am Spiegel wie Feuer brennen, aber sie hatte offensichtlich nicht vor, ihn noch einmal um Gnade anzuflehen. Das gefiel ihm nicht, und er packte ihre Kehle und presste zu, was seinen Höhepunkt besonders befriedigend machte. Schwer atmend bog er ihren Kopf nach hinten und leckte ihr Ohr.

„Du hast dich hierfür entschieden. Nun wirst du tun, was ich sage, oder ich töte dich."

Ihr Mund stand weit offen, in dem vergeblichen Versuch, Luft zu holen, ihre Lunge, das wusste er von Chloé, drohte zu bersten.

„Und ich würde dich auf eine Art töten, die zwar mir … aber sicher nicht dir gefällt."

Damit ließ er sie abrupt los und schloss seine Hose, ohne darauf zu achten, wie sie kraftlos und hustend zu Boden sackte. Als hätte er sie nicht gerade beinahe erwürgt, öffnete er einen der Spiegel und holte ihre Pistole hervor. Er reichte sie ihr und erriet ihre Gedanken.

„Du hast *eine* deiner wirklich hübschen Kugeln im Magazin. Deine Chance mich loszuwerden, doch dann wirst du nie erfahren, wo die *Wahrheit* ist. Wenn du unsere nette

Übereinkunft aber nicht weiterführen willst, dann ... nimm sie doch für dich. Oder du jagst sie Colombier in den Leib, denn ohne ihn und seinen Verrat – wäre das hier alles ...", er schloss mit seiner Handbewegung den Raum und alles, was in dieser Nacht hier geschehen war, mit ein, „... dieser *schöne* Abend ... nie geschehen."

Er lächelte kalt, küsste ihre Hand, die die Waffe hielt, und trat an die Tür. „Du erhältst morgen von mir eine Nachricht mit dem Versteck der Hüter und allen anderen Informationen, die du brauchen wirst, um sie anzugreifen. Du wirst dich genau an meine Anweisungen halten, oder ... ich sehe mich gezwungen, dich noch einmal hierher ... *einzuladen* und dich mit der hier vertraut zu machen."

Er tippte lächelnd an die Peitsche und ging.

Am nächsten Morgen brachte Alerio eine nach Lorbeer duftende Nachricht in Kardinal Paschalis' Büro.

Nachdem Marzia den Brief gelesen hatte, unterrichtete sie Erich Fischer, den Kommandanten der Schweizer Garde, dass er die Sondertruppen des Vatikans, eine geheime Eliteeinheit der Schweizer Garde, nach Irland führen sollte, um dort die Sicherheit der katholischen Kirche zu gewährleisten.

Dann nahm sie ihre Pistole und stieg hinab in den Kerker.

ALBaTROS

---◆•---

IRLanD, HeUTe

J ade pfiff durch die Zähne, als Mave aus dem kleinen Badezimmer des Motels in Kildale kam, und sich elegant vor ihr verneigte. Der schwarze, hautenge Catsuit zeichnete jede Rundung ihres perfekten Körpers nach und ließ keinen Raum für Spekulationen. Ihr blondes Haar hatte sie unter einer dunklen Mütze verborgen, und ihre Hände steckten in feinen schwarzen Lederhandschuhen.

„Verflucht, Mave – hast du Catwoman beklaut? Das sieht ja scharf aus", staunte Jade und lächelte. Ihre Befürchtungen, Mave könnte sich als schwierig herausstellen, waren unbegründet gewesen. Für sehr viel weniger als das, was sie bereit gewesen wäre, für die Dienste der Meisterdiebin zu bezahlen, hatte die blonde Mechanikerin sich einverstanden erklärt, ihren Auftrag anzunehmen. Natürlich ahnte die Waliserin nicht, was es genau war, was sie stehlen sollte. Nach Jades Berichten musste sie davon ausgehen, dass sie mehrere wertvolle Rubine entwenden sollte, weil ein wohlhabender Pariser Kunsthändler sicher wäre, sie seien Teil eines gerade erst wieder aufgetauchten Kunstschatzes.

Mave wandte Jade den Rücken zu, dessen helle Haut unter dem dunklen Leder die reinste Versuchung war.

„Kannst du mir helfen", bat sie, sah Jade über die Schulter hinweg an und schielte dabei auf den offenen Reißverschluss zwischen ihren Schultern.

Jade verlor sich im saphirgrünen Blick der Diebin und nickte mit plötzlich trockenem Mund. Ihr Puls beschleunigte sich, als ihre Finger über die warme und seidige Haut strichen. Das kühle Leder war ein aufregender Kontrast, und, nachdem sie den Zipper bis in Maves Nacken gezogen hatte, freute sie sich darauf, ihr nach getaner Arbeit wieder aus diesem Outfit herauszuhelfen.

Als ahnte Mave, in welche Richtung Jades Gedanken gingen, zwinkerte sie ihr amüsiert zu.

„Also, wie besprochen, werde ich mir alles erst in Ruhe ansehen. Wir verschaffen uns einen Überblick: Bewegungsmelder, Sicherheitssysteme und so weiter. Die Mauern des Klosters wirken nicht sehr einladend, und du hast gesagt, deine Quelle hat von einem unterirdischen Tresor – oder Tresorraum gesprochen. Das werden wir spätestens morgen früh wissen." Sie schulterte einen großen Rucksack und deutete auf Jades Laptop. „Das ist ja so spannend. Bist du bereit?"

Jade spielte mit ihrem Piercing und fuhr das Programm hoch. Ihre beringten Finger flogen über die Tasten, und sofort öffnete sich ein grüner Bildschirm.

„Bereit, Süße – es kann losgehen."

Mave grinste und schaltete das Mikrofon an, über das sie mit Jade in Kontakt stehen würde.

„Wenn was schiefgeht – mach, dass du fortkommst – ich komme klar, verstanden?"

„Ich habe dich bezahlt, weil ich hoffe, du bist gut genug, damit nichts schiefgeht. Also sei vorsichtig und bring mir die Rubine."

Mave lächelte und öffnete die Tür.

„Wie kann man nur so ungeduldig sein?"

Dann verschmolz sie mit der Nacht. Jade rieb sich die Kopfhaut. Sie war der *Wahrheit* so nah wie noch nie, und das fühlte sich fantastisch an. Als wäre ein Feuer entzündet, das heiß in ihr loderte und nur darauf wartete, alles zu verschlingen. Mave hatte dieses Feuer entfacht. Ihre Zuversicht, die Steine auf jeden Fall an sich bringen zu können, war ansteckend, und so war Jade voll Hoffnung auf einen guten Ausgang.

„Hörst du mich?" Maves Stimme erklang.

Jade drehte den Ton lauter. „Ja. Was gibt es?"

„Ich bin jetzt auf einem Hügel südlich des Klosters. Von hier aus werde ich Albatros losschicken. Lass mich wissen, wenn du seine Daten empfängst. Ich melde mich, wenn er in die Luft geht."

Jade starrte auf den Monitor, und nach wenigen Augenblicken kam ein Bild. Schwarze Schemen ohne klare Umrisse.

„Hab jetzt ein Bild, kann aber nichts erkennen", teilte sie Mave über Funk mit.

„Natürlich nicht. Albatros steht noch im Gras."

Ein leises Surren war nun zu hören, und das Bild veränderte sich. Das Schwarz verschwamm, ehe es den ganzen Bildschirm einnahm.

„Er fliegt", erklärte die Diebin. „Und jetzt schalte ich das Nachtsichtgerät dazu und drehe mal eine erste Runde."

Jade beobachtete nun, wie auf ihrem plötzlich grünen Bildschirm die ersten Formen erkennbar wurden. Gespannt und beeindruckt von Maves technischem Equipment sah sie sich alles an.

Sie entdeckte Männer auf dem äußeren Mauerring und

zählte diese, als die Wärmebildkamera der Drohne ihre Körper hell aufleuchten ließ.

„Fuck, das sind einige", murmelte sie, aber Mave lachte leise, was durch das Knacksen des Funkgeräts unheimlich klang.

„Es sind fünf – auf einem Mauerstück von ... lass mich sehen ... etwa dreihundert Metern. Das ist nicht das Problem."

„Was ist dann das Problem?", fragte Jade, ohne den Monitor aus den Augen zu lassen.

„Hmm, das muss ich mir auf deinem Bildschirm ansehen, der kleine Monitor hier an der Steuerung ist nicht hochauflösend genug. Ich vermute, die elektromagnetische Strahlung, die hier diese Wärme erzeugt ... das müssten Kameras oder eine andere Form von Überwachungsanlagen sein."

„Und jetzt?"

Mave schwieg, und Jade rollte nervös ihr Piercing zwischen den Lippen.

„Mave?", hakte sie nach, als die Antwort ausblieb. Als der Bildschirm schwarz wurde, schob Jade ihren Stuhl zurück und klopfte auf das Mikrofon. „Mave? Was ist los?"

„Keine Ahnung, hier tut sich was. Ich hole Albatros zurück und sehe mir das aus der Nähe an."

„Was tut sich? Was siehst du? Ich bekomme keine Bilder mehr."

„Shit, was ist denn das?", hörte sie Mave fluchen. Es knackste und raschelte.

„Zum Teufel, was ist da draußen los?"

„Das weiß ich nicht. Ich schalte jetzt den Funk aus. Bis gleich."

Damit unterbrach die Diebin den Funkkontakt. Jade fluchte.

So war das nicht abgesprochen gewesen.

DER ANGRIFF

———————————◆————————————

Chloé funkelte Cruz böse an, der mit verschränkten Armen vor ihrer Kammer stand und den Weg versperrte.

„Ich hab es nicht!", beharrte sie und wollte sich an ihm vorbeidrängen, aber Cruz packte sie am Arm und drückte sie mit seinem Körper gegen den Türstock.

„Du lügst! Ich weiß nicht, was für ein Spielchen du hier spielst, Chloé, aber ich lasse mich nicht für dumm verkaufen."

Chloé unterdrückte ihre Angst. Er wollte sie einschüchtern, das war offensichtlich, aber es gab keinen Grund für sie, diesen Mann zu fürchten. Er war ein Verlierer. Einer von den Guten! Seine lächerliche Moral und seine Ehre würden ihn davon abhalten, ihr etwas zu tun.

Mit einem herausfordernden Grinsen entwand sie ihm langsam den Arm und umfasste seinen Nacken.

„Wie es scheint, Cruz, bist du derjenige, der Spielchen spielt. Hast du deine Meinung geändert?" Sie drängte sich gegen seinen Schritt und stöhnte. „Wenn du Sex willst, sag es doch einfach ..."

Cruz stieß sie grob zurück gegen das Holz und packte ihre beiden Handgelenke, um zu verhindern, dass sie ihn wieder berührte. Sie lachte, denn noch immer waren sie sich nahe. Obwohl sie nach wie vor ihr Becken rhythmisch gegen seine Schenkel presste und sein Körper für sie spürbar darauf reagierte, ließ er sich dennoch nicht ablenken.

„Wo hast du mein Handy?", verlangte er noch einmal zu erfahren. „Es war in meinem Hemd – und das hast du mir ausgezogen", stellte er nüchtern fest.

Chloé erkannte, dass ihm diese Tatsache unangenehm war. Ebenso, wie es ihm unangenehm war, ihr jetzt wieder so nahe zu sein.

„Bist du sicher, dass du es bei mir in der Kammer verloren hast? Wo hast du dich denn noch ausgezogen? Bei Fay? Hast du sie schon gefragt?"

Mit einem kräftigen Ruck entriss sie Cruz ihre Hand und schob sie ihm in den Schritt. Sie lächelte breit. „Weiß Fay, dass du auch bei mir hart wirst?", fragte sie lasziv und umfasste ihn.

Cruz fluchte laut und trat einen großen Schritt zurück.

„Du bist krank!", rief er und richtete seine Hose. „Ich weiß nicht, was der Wanderer mit dir gemacht hat, aber du bist nicht bei Verstand! Ich rate dir: Mach keine Dummheiten!"

„Warum fragst du nicht deine Freunde, ob sie dir bei der Suche helfen?", fragte sie herausfordernd.

„Du weißt, warum. Ich will dich nicht demütigen. Niemand muss wissen, … worum du mich gebeten hast", versuchte er es diesmal ruhiger, und Chloé hätte beinahe losgelacht.

Sie leckte sich die Lippen und reckte ihr Kinn.

„Oder … willst du lieber verschweigen, dass du allein bei mir in der Kammer warst, dich ausgezogen hast, um mit mir ins Bett zu steigen, obwohl ich dich nach meinen traumatischen Erlebnissen immer wieder bat, von mir abzulassen?" Sie trat zu ihm und lächelte. „Ich nehme an, du würdest nicht wollen, dass das jemand erfährt."

„Du bist verrückt, wenn du annimmst, auch nur einer würde dir das glauben", spie Cruz, ehe er sie stehen ließ und den Gang hinunter verschwand.

Kaum war er um die Ecke, als sich die Tür zum Innenhof öffnete und Fay in Begleitung von Louis und Said hereinkam.

Chloé sah auf ihre Uhr und murmelte einen Fluch.

Die Zeit wurde allmählich knapp. Sie musste einen Vorwand finden, sich zurückzuziehen.

Fay verlangsamte ihre Schritte, als sie ihre Schwester im Flur stehen sah. Sie wusste nicht, wie sie ihr begegnen sollte, nachdem ihre letzten Gespräche so katastrophal verlaufen waren. Sie hatte keine Ahnung, wie sie Chloé helfen konnte, aber dass ihre kleine Schwester Hilfe brauchte, war offensichtlich. Wenn sie sich ihr doch nur anvertrauen würde.

„Guten Abend, Chloé", grüßte Said höflich und forderte sie mit einer entschiedenen Handbewegung auf, sich ihnen anzuschließen. „Wir kommen, um dich zum Abendessen abzuholen."

„Ich habe keinen Hunger", wandte Chloé ein und wollte zurück in ihre Kammer gehen, aber Louis hielt sie auf.

„Das ist kein Hotel. Du kommst mit uns, weil wir dich gerne … bei uns hätten", stellte er klar und bedeutete ihr, voranzugehen.

Fay registrierte Chloés Schnauben und wusste genau, was diese im Moment dachte. Sie waren unter Aufsicht gestellt worden. Sie selbst konnte es den Hütern nicht verübeln, denn das, was sie zu schützen geschworen hatten, befand sich irgendwo hier innerhalb der Mauern.

In eisigem Schweigen gingen sie bis zum großen Saal, in dem an einem langen Tisch gemeinsam gegessen wurde. Fay wählte den Platz neben Cruz, denn er war ihr – neben Arjen – von allen Männern der liebste. Obwohl ihre Schwester ein mürrisches Gesicht machte, zog sie sich den Stuhl neben ihr heraus. Louis nahm gegenüber Platz, und Fay fühlte sich unter seinem misstrauischen Blick ziemlich unwohl – wie eine Maus unter den Augen einer hungrigen Katze.

In großen Terrinen dampfte eine Suppe aus Kartoffeln und Lauch, auf Platten schwamm eine tranchierte Gans in glänzend brauner Soße. Die Männer luden sich die Teller voll, und Fay nickte dankbar, als Cruz ihr Suppe schöpfte. Chloé hingegen lehnte ab und verschränkte beleidigt ihre Hände vor der Brust, als Cruz ihr einen warnenden Blick zuwarf.

Fay fragte sich, was zwischen den beiden vorgefallen sein mochte, denn die Spannung zwischen ihnen war greifbar. Auch Louis schien sich zu wundern, und musterte Chloé, ohne einen Bissen von der dampfenden Gans auf seinem Teller zu nehmen.

Fay schüttelte den Kopf und gab es auf, diese merkwürdige Stimmung am Tisch ergründen zu wollen. Stattdessen hoffte sie, Julien käme bald zurück, damit dieser Albtraum endlich ein Ende finden würde. Sie vermisste ihn schrecklich, und es gab so vieles, das zwischen ihnen geklärt werden musste – sollte er noch leben. Den Gedanken, dass er den Tod gefunden hatte, unterdrückte sie mit aller Gewalt. Lamar hatte sich nicht gemeldet – das gab ihr

Hoffnung.

Die sämige Suppe schmeckte würzig und wärmte von innen, und Fay verstand nicht, was Chloé damit bezweckte, zu hungern. Unter gesenkten Lidern hervor beobachtete sie ihre Schwester, die nervös zu sein schien. Chloé kaute ihre Fingernägel und sah alle paar Augenblicke auf die Uhr.

Am unteren Ende des Tisches lachte Cecil laut und glucksend über etwas, das Claudio zu Alessa gesagt hatte, und Arjen berichtete Said, dass Matteo vor zwei Stunden aufgebrochen sei, um diese Französin zu finden.

Fay horchte auf und stieß Cruz in die Seite.

„Von welcher Französin spricht Arjen?", fragte sie interessiert, aber der Hüter schüttelte bedauernd den Kopf.

„Das musst du nicht wissen. Es geht darum, wer für Gabriels Tod verantwortlich ist."

„Ich dachte, der Wanderer hat Gabriel umgebracht?"

Cruz sah zu Chloé, die unruhig mit dem Fuß wippte und schließlich ihren Stuhl zurückschob und aufstand.

„Mir ist nicht gut. Ich gehe in meine Kammer", erklärte sie und eilte aus dem Saal. Cruz kniff die Augen zusammen und forderte Louis mit einem Wink auf, ihr zu folgen. Der fluchte, packte sich ein Stück Gänsefleisch auf eine Brotscheibe und trank seinen Bierkrug aus, ehe er Chloé mit schnellem Schritt folgte.

Fay schüttelte den Kopf und schob ihren Teller von sich. Ihr war der Appetit vergangen.

„Warum misstraut ihr Chloé so? Sie ist verstört und verletzt, aber sicher keine Gefahr für euch", fragte sie Cruz, der immer noch Chloés leeren Stuhl anstarrte. Als würden ihn Fays Worte aus seinen Gedanken reißen, hob er den Kopf und lächelte sie schief an. In seinem Blick konnte Fay den Zweifel sehen.

„Ich hoffe, du behältst recht."

***

Sobald die Tür des großen Speisesaals hinter ihr zugefallen war, hetzte Chloé los. Ihr schlug das Herz bis unter die Schädeldecke, und all ihre Wunden schienen unter dem Druck, der sich in den letzten Minuten in ihr angestaut hatte, zu bersten. Sie wusste, was in Kürze passieren würde. Wusste, um die Gefahr, in der sie alle schwebten, und verspürte doch in keiner Faser ihres Körpers das Bedürfnis, auch nur eine Seele hier drin zu retten.

Der Zeiger ihrer Uhr flog unaufhörlich weiter, und während sie durch das Kloster rannte, überlegte sie noch immer, ob sie nicht wenigstens Fay hätte retten sollen. Fay! Der Gedanke an ihre Schwester war schmerzhaft, aber um sich endgültig zu befreien, um sich dem zuzuwenden, was sie für sich auserkoren hatte, waren Opfer nötig. Fay war ein Opfer, das ihr schwerfiel, aber sie war auch die stärkste Kette zu ihrem alten Ich. Ein Ich, das Chloé nur zu gerne hinter sich ließ. Jetzt, wo sie Fay nicht mehr in die Augen blicken musste, sah sie wieder klar. Nur im Speisesaal hatte sie in ihrem Entschluss gewankt. Der kurze Stich des Zweifels hätte sie beinahe nach der Hand ihrer Schwester greifen lassen, aber dann hatte sich Fay an Cruz gewandt und ihr damit gezeigt, wo ihre Priorität lag.

Sie war allein. Allein unter Fremden. Und ihre Schwester war ihr ebenfalls fremd geworden. Wie würde das erst werden, wenn dieser Julien zurückkehren würde? Dann würde sie Fay im Weg sein. Nein, sie hatte sich richtig entschieden. Und ihre Bereitschaft, Fay zusammen mit den Hütern ihrem Schicksal zu überlassen, war der beste Beweis dafür. Sie war fertig. Fertig mit allem hier.

Chloé warf sich mit aller Kraft gegen die Tür, die hinaus in den nächtlichen Kreuzgang führte, und genoss den Schmerz, der von ihrer Schulter aus ihren Körper durchströmte. Sie würde Fay weder im Weg stehen – noch mit ihr untergehen. Mit rasselndem Atem rannte sie über den Kiesweg und hörte schon das Unheil in der Ferne.

Sie musste sich beeilen, oder alles wäre umsonst gewesen. Sie durfte *ihn* nicht enttäuschen. Blind rannte sie weiter. Als läge *er* noch immer neben ihr, hörte sie seine Stimme in ihrem Ohr und fühlte die schmerzliche Lust, die *er* ihr bereitet hatte. Sie wusste, was sie zu tun hatte. Und zwar nicht erst, seit sie ihn von Cruz' Handy aus angerufen hatte.

Jeder Atemzug brannte wie Feuer in ihrer Lunge, aber das hielt sie nicht auf. Sie glaubte zu wissen, wohin sie sich wenden musste. Sie hatte die Hüter in den letzten Tagen durch das schmale Fenster ihrer Kammer beobachtet, und da sie nicht an die Frömmigkeit der Männer glaubte, musste es einen anderen, wichtigen Grund geben, warum diese sich so oft für Stunden in die Kapelle zurückzogen. Darum eilte sie zielstrebig auf die Kapelle zu und zuckte zusammen, als die schwere Tür sie in absolute Finsternis sperrte. Ihr pfeifender Atem hallte laut durch die leeren Bankreihen, und ihre Schritte klangen unheimlich auf dem kalten Marmorboden. Ihr Blick versuchte, das Dämmerlicht zu ergründen und etwas zu finden, das ihr einen Hinweis auf die Steine geben würde, aber ihr fiel nichts Ungewöhnliches auf. War sie hier etwa doch falsch? Sie kramte ihr Asthmaspray aus ihrer Tasche und pumpte sich gleich mehrere Sprühstöße in den Rachen.

„Nutze den Moment des Angriffs. Nutze das Chaos, wenn die Hüter dem Tod ins Auge blicken. Du musst die

Wahrheit an dich bringen, dann werde ich dir Unsterblichkeit verleihen, süße Chloé. Tu, was ich von dir verlange, dann werde ich dir nichts verweigern", hatte er ihr durchs Telefon befohlen.

Chloé ging weiter, suchte nach einem Hinweis, noch immer in Sorge, dass ihr jemand gefolgt war, auch wenn sie niemanden gesehen hatte. Sie duckte sich in die erste Bankreihe und versuchte, ihre Atmung zu beherrschen. In der Finsternis erkannte sie kaum noch den Zeiger auf ihrer Uhr, aber sie wusste, es würde nicht mehr lange dauern.

Irgendwo hier lag ihre Zukunft, und es war an der Zeit, sich diese zu nehmen.

Ein ohrenbetäubender Knall ließ sie zusammenzucken, und das Donnern herabstürzender Steine ließ den Boden beben.

Nachdem Louis Chloé gefolgt war, wollte zwischen Fay und Cruz kein richtiges Gespräch mehr aufkommen. Die Stimmung im Saal war – abgesehen von Cecils gelegentlichem Glucksen – gedrückt, und Fay konnte nicht umhin, sich wieder und wieder auszumalen, was Julien wohl gerade tat.

Sie rang mit dem dicken Kloß, der sich in ihrer Kehle bildete, und verfluchte ihre Schwäche. In Paris, als sie Julien noch nicht getroffen hatte, war sie sich nie so hilflos vorgekommen. Da hatte sie die Situation – so beschissen sie auch immer gewesen sein mochte – unter Kontrolle gehabt. Aber jetzt? War das der Preis für die Dummheit, ihr Herz zu öffnen und sich zu verlieben? Fay wischte sich eine Träne aus dem Auge, als um sie herum die Hölle losbrach.

Die Wucht der Erschütterung ließ Staub von der Decke rieseln und zwei der großen Buntglasbogenfenster bersten, sodass die Scherben wie bunte Tränen über den Steinboden gesprengt wurden.

Fay konnte kaum reagieren, da wurde sie von Cruz schon unter den Tisch in Deckung gedrückt. Blitzschnell waren die Männer an ihren Waffen. Zu den Klingen, die Fay bereits vertraut waren, gesellten sich moderne Armbrüste. Allein der Anblick dieser Waffen ließ Fay Schreckliches erahnen. Arjen war auf den Tisch gesprungen und brüllte über den Lärm hinweg Anweisungen.

„Claudio, Arnulf, – seht nach, was los ist. Und was immer es ist, haltet es auf!"

Er deutete mit seinem Schwert auf Cecil und sah dabei hektisch in Richtung der Tür. Er maß ab, wie viel Zeit ihnen bleiben würde, nahm Fay an.

„Cecil, öffne den Tresorraum und lass uns die Rubine schnellstens von hier wegschaffen! Said wird dir Deckung geben. Und du, Cruz – schaff die Frauen fort!"

Cecil nickte und rieb sich hektisch über die suchenden Augen, als er von Said an der Schulter gepackt wurde, damit er sich in Bewegung setzte.

Panisch sah Fay zu, wie sich die Männer zerstreuten. Sie klammerte sich an das Tischbein, als könnte es sie schützen, vor was auch immer es war, was da gerade geschah.

Cruz hatte Alessa an der Hand, aber Fay wusste, was er dachte. Wie sollte er die blinde, alte Frau heil hier herausschaffen?

„Los, beeilt euch! Folgt mir und bleibt auf keinen Fall stehen. Ich bringe euch hier raus."

„Warte, was ist mit Chloé? Ich muss zu ihr", rief Fay und rappelte sich auf, um ihrer Schwester zu folgen, aber Cruz packte ihren Arm und riss sie mit sich.

„Louis ist ihr gefolgt. Er wird für ihre Sicherheit sorgen. Komm jetzt!"

„Aber …"

„Los! Siehst du nicht, was hier gerade passiert? Das ist ernst, Fay!"

Mit großen Schritten durchquerte er ohne ein weiteres Wort den Raum, führte Alessa um umgestürzte Stühle herum durch eine Seitentür aus der Halle. Nur wenige Meter weiter brachen Balken des Daches herunter – der Seitentrakt des Hauptgebäudes stand in Flammen.

„Scheiße, hier kommen wir nicht weiter. Zurück, schnell!"

Die Hitze schlug Fay heiß wie der Atem einer Bestie entgegen, und sie hielt sich die Hände schützend vors Gesicht, als Funken von der Decke auf sie herabregneten.

Sie hatte keine Ahnung, wer ihre Bewegungen steuerte – sie konnte es nicht sein, denn alles geschah wie von selbst. Sie taumelte panisch hinter Cruz her, registrierte kaum, wie sie erneut durch die große Halle hetzten. Der beißende Qualm brannte in ihrer Lunge, und der Knall, der das Kloster ein zweites Mal erschütterte und den Eingangsbereich der Kapelle zum Einsturz brachte, riss sie von den Beinen. Wie ferngesteuert kämpfte sie sich weiter.

Cruz fluchte und änderte erneut die Richtung, aber Fay hatte keinen Atem übrig, ihn zu fragen, was er vorhatte.

„Wir müssen in den Garten, ehe alles über uns zusammenstürzt!", rief er hektisch und drängte die Frauen weiter. Mit dem Stiefel trat er die Tür in den Garten auf, erstarrte aber in der Bewegung, als er sah, was sich dort zutrug.

Ein riesiges Loch gähnte dort, wo noch vor wenigen

Minuten das massive Klostertor gestanden hatte, und die Dächer sämtlicher Gebäude standen in Flammen. Der Eingangsbereich der Kapelle war in sich zusammengestürzt, und eine schwarz gekleidete Gruppe Männer mit schwerer Bewaffnung arbeitete sich zielstrebig in kampferprobter Formation darauf zu. Italienisch gesprochene Befehle drangen laut an Fays Ohr. Said lag im Kampf mit einem Kerl, der den Fehler begangen hatte, die sichere Formation zu verlassen. Das Gefecht war kurz, denn Said war ein geschickter Kämpfer, aber auch er würde gegen die Übermacht nichts ausrichten können.

Fay keuchte, und Cruz' Blick folgte ihrem hinüber zu den Überresten des Tores, wo Arnulfs Körper unter schweren Steinbrocken begraben lag. Fay wollte zu ihm, aber Cruz riss sie grob zurück.

„Bist du wahnsinnig? Bleib hier! Du kannst ihm nicht mehr helfen!"

Fay schüttelte verzweifelt den Kopf.

„Du hast mir in Rom gesagt, ihr fallt im Kampf, aber ihr werdet dank des Elixiers wiedergeboren! Also müssen wir ihm helfen! Wir können ihn doch nicht einfach so liegen lassen!"

Cruz schüttelte sie und presste ihr die Hand auf den Mund, denn bisher hatten die Angreifer sie im Schatten des Mauervorsprungs noch nicht entdeckt.

„Sieh genau hin!", knurrte er ungeduldig. „Er schwimmt in seinem Blut! Wir bluten nicht – auch nicht, wenn wir tödlich getroffen werden, es sei denn … man bekämpft uns mit Rubinen, und dann hilft uns kein Elixier dieser Welt mehr etwas!"

Cruz spähte noch einmal um die Ecke und rieb sich die Stirn. Claudio versuchte allein, das Vorrücken ihrer Feinde zu verhindern, würde aber seine Position nicht mehr lange halten können. Obwohl Fay solche Szenen nur aus dem Fernseher kannte, war ihr klar: Das war ein Kampf um Leben und Tod.

„Hilf Claudio!", rief sie, als sie trotz ihrer Panik erkannte, dass Cruz' eigentliche Aufgabe nicht darin bestand, sie oder Alessa zu bewachen. Er hatte Jahrhunderte gelebt, um die *Wahrheit* zu schützen, und die befand sich in größter Gefahr. „Ich bleibe hier bei Alessa, uns wird nichts geschehen! Geh schon!", beschwor sie ihn, aber er schüttelte den Kopf.

„Juls würde nicht wollen, dass ich dich allein lasse."

Fay biss die Zähne zusammen und funkelte ihn böse an.

„Du irrst dich! Julien lebt nur für die *Wahrheit*! Er wäre längst an Claudios Seite. Er selbst hat zu mir gesagt, ich solle ihn nicht als etwas sehen, das er nicht ist, denn er würde gezwungen sein, Entscheidungen zu treffen, die mich verletzen würden. Lass ihn nicht im Stich, indem du mich schützt, denn er würde mir das niemals verzeihen!"

Alessa nickte.

„Geh endlich. Lass nicht alles umsonst gewesen sein!", unterstützte die alte Frau Fays Drängen. Schließlich nickte Cruz und eilte in Richtung der Kapelle. Dass er sich im Rücken der Feinde befand, verschaffte ihm für seinen Angriff einen Vorteil, aber trotzdem wollte Fay nicht hinsehen, als sich mehr als eine Handvoll Kämpfer auf ihn stürzten.

„Wir sollten uns in Sicherheit bringen", gab Alessa zu bedenken und wandte suchend den Kopf, als könne sie irgendetwas sehen.

Auch Fay suchte den Garten nach einem Ausweg ab, aber der schien nur mitten durchs Gefecht zu führen. Sie fluchte, denn ihr panischer Herzschlag hämmerte ihr hinter den Augen, sodass ihr Blick immer wieder verschwamm.

„Pssst", machte es irgendwo zu ihrer Rechten, und sie zuckte zusammen, als sie eine Bewegung in den Schatten der Büsche ausmachte.

„Kommt her, ich kenne den Weg, ich hab ihn gebaut, ja, ja, ich war es, ich …", flüsterte Cecil, dem die Haare wirr vom Kopf standen. Seine Augen huschten wie die eines Wiesels hin und her, und er zappelte unruhig.

Fay eilte geduckt zu ihm hinüber, Alessas Hand auf ihrer Schulter, damit die Blinde ihr folgen konnte, als diese plötzlich stolperte.

Fay duckte sich schützend über die alte Frau und wollte ihr aufhelfen, aber Alessas Schmerzenslaut ließ sie innehalten.

„Was ist? Bist du verletzt?"

Sie hatte gedacht, die alte Frau sei gestürzt, aber als Fay die Hand hob, entdeckte sie Blut an deren Bauch.

„Cecil, schnell, ich brauche Hilfe. Alessa wurde angeschossen", schrie sie, während Alessas Blut über ihre Finger strömte. So fest sie konnte, presste Fay ihre Hand auf die Wunde und redete tröstend auf die Verletzte ein.

„Uiuiui, das ist nicht gut!", murmelte Cecil, biss sich auf die Lippe und kniete sich neben sie. „Tut es weh?", fragte er, und Alessa, die zu zittern angefangen hatte, schüttelte leicht den Kopf. „Sterben tut nicht weh", versprach er und lächelte sie beruhigend an. Mit mehr Mitgefühl, als Fay dem Verrückten zugetraut hatte, küsste er Alessas blutige Hände und strich ihr über das schlohweiße Haar. „Grüß deinen Vater – und sag ihm, wir alle lieben ihn. Geh jetzt zu ihm, meine Kleine."

Die alte Frau lächelte.

„So hast ... du mich ... als Kind genannt", hauchte sie schwach, und Cecil nickte. „Das bist du immer gewesen, ... unser aller Kind. Unsere Kleine."

Dann löste er Fays Hand von Alessas Wunde und ließ zu, dass das warme Leben aus ihr herausfloss.

Fay wollte protestieren, diesen Wahnsinnigen von sich stoßen, aber er hielt sie zurück und presste sie mit seinem einen Arm fest an sich, damit ihr Schmerzensschrei an seiner Brust verklingen konnte.

Sie wusste, es hätte keine Rettung für Alessa gegeben, aber sie einfach sterben zu lassen ... es nicht einmal zu versuchen ...

Cecil ließ ihr keine Zeit, darüber nachzudenken, sondern zog sie mit sich zurück in den Schutz der Büsche und hielt ihr dort eine Luke im Boden auf.

„Da hinein, los, los, ich bring dich weg, weg von hier und weg von dem Blut. Es ist so rot – ich mag es nicht!", rief er.

Fay zögerte nicht. Auch sie mochte das Blut nicht, und wenn der Verrückte sie hier wegschaffen konnte, dann würde sie nicht zögern. Schnell stieg sie die Leiter hinunter und hatte Dunkelheit erwartet, aber im Inneren des mit Metall ausgekleideten Tunnels gab es Licht, und auch der Kampflärm war nicht mehr zu hören. Obwohl sie wusste, was über ihrem Kopf vor sich ging, fühlte sie sich plötzlich sicher.

„Wo sind wir? Wo führt der Weg hin?"

Cecil grinste stolz.

„Raus. Alle Wege führen raus. Ich hab sie gemacht, für Julien – und jetzt hat er uns verraten. Wie findest du das? Nicht gut, oder? Nein – nein, wirklich nicht gut!"

„Was meinst du damit?", fuhr Fay ihn verständnislos an und verstellte ihm den Weg.

„Der Vatikan schlachtet unsere Männer – Julien ist im Vatikan. Was soll ich denken? Was? Folter – löst die Zungen, das war schon immer so, oder nicht? Oder etwa nicht?"

Fay wurde bei der Vorstellung übel, dass Julien so grausamer Folter ausgesetzt sein sollte, dass er alles verraten würde, wofür er lebte. Sie mochte nicht glauben, dass er dazu fähig wäre. Sie kannte ihn. Ehre war alles für ihn, und er würde eher sterben, als seine Brüder oder die *Wahrheit* zu verraten, davon war sie überzeugt.

„Was bist du für ein komischer Kerl?", ging sie auf Cecil los. „Kennst Julien seit beinahe tausend Jahren und hast doch weniger Vertrauen zu ihm als ich, die ihn gerade erst seit einigen Wochen kennt! Du musst wirklich verrückt sein, wenn du Juls so einen Verrat zutraust!"

„Du bist laut für ein Mädchen, ganz ordentlich laut", war Cecils einziger Kommentar, aber er grinste, als er Fay weiter den Gang hinter sich herzog.

Es schien ihr, als wäre dieser Tunnel endlos, und der Hall ihrer Schritte weckte das Gefühl, verfolgt zu werden. Selbst als sie endlich eine Metalltür vor sich sah, wuchs ihre Beklemmung noch. Wo hatte der Irre sie hingebracht, und was erwartete sie hinter der dicken Tür?

Cecil tippte mit geschlossenen Augen eine lange Zahlenfolge in ein Kästchen an der Wand und sagte dabei einen Kinderreim auf, als hätte er sich damit eine Eselsbrücke gebaut. Er gluckste laut, als sich die Tür entriegelte und frische, feuchte Meeresluft in den Geheimgang strömte.

Mit einer Verbeugung ließ er Fay den Vortritt in die unterirdische Höhle. Es war dunkel dort. Weiter vorne versperrte ein in den Stein der natürlichen Höhlenwand eingelassenes Gitter den Ausgang zum offenen Meer. Das Schwappen der Wellen gegen den Bug des Schnellbootes, das hier vertäut lag, hallte laut von den Wänden wider.

Chloé keuchte, als ein herabstürzender Steinbrocken direkt neben ihr herunterkrachte. Ihr Herz hämmerte wild, und sie bekam Panik. Bestimmt würde sie hier unter dem ganzen Mist begraben werden. Sie drückte sich unter die Bank, als immer mehr Steine und Balken herabregneten, obwohl sie die wenigen Augenblicke doch nutzen sollte, die *Wahrheit* an sich zu bringen. *Nutze den Moment des Angriffs*, lautete ihre Anweisung.

Sie kauerte sich zusammen und verbarg den Kopf unter den Armen.

Das war lächerlich! Sie würde hier draufgehen!

Gerade, als sie aufgeben wollte, sah sie einen Schatten durch den finsteren Altarraum huschen. Shit! Wenn die Hüter oder die Angreifer die Rubine zuerst erreichen würden, wäre alles verloren, und *er* ... er würde sie sicher für ihr Versagen strafen.

Dieser Gedanke trieb Chloé auf die Beine. Sie schmeckte Blut in ihrem Mund, wusste aber nicht, ob es echt oder nur eine Erinnerung war. Sie spürte seinen eisigen Blick zwischen ihren Schulterblättern, als sie in die Richtung rannte, in der sie die Bewegung wahrgenommen hatte. Bei jedem Schritt, den sie tat, spürte sie die Wunden des Gürtels, und es war, als führe er sie an einer unsichtbaren Leine ganz nach seinem Willen.

„Heilige Scheiße!", flüsterte sie, als sie die Öffnung hinter dem Altar entdeckte, der ihr wie ein schwarzes, gähnendes Maul erschien. Ein Geheimgang! Ein Blick über die Schulter zeigte ihr, dass die Männer vorrückten und sie keine Sekunde verlieren durfte. Darum stieg sie schnell in den finstern Gang hinab. Sie konnte kaum glauben, wie ihr das Glück in die Hände spielte, denn von allein hätte sie diesen Gang nie entdeckt. Das schien ihr wie ein Zeichen – sie tat das Richtige. Jetzt musste sie nur noch das Elixier finden! Sie tastete sich vorwärts. Der Stollen war anders, als sie erwartet hatte: kein muffiger Stein, sondern glatte Wände und ein ebenmäßiger Boden. Aber ehe sie sich noch darüber wundern konnte, fuhr ihr ein Alarmton durch Mark und Bein.

„Scheiße!"

War sie das gewesen? Hatte sie den Alarm ausgelöst? Sie rannte. So schnell es ihre Lunge zuließ, hetzte sie weiter.

Der schrille Ton der Alarmanlage zerriss ihr fast das Trommelfell, aber sie lächelte, als sie die Finger um einen der funkelnden Rubine legte.

Befriedigung. Es war die reinste Befriedigung, den wertvollen Stein zu berühren. Sie hatte es wirklich geschafft! Der Rubin fühlte sich kalt an, aber das würde sich ändern, sobald sie ihn an ihrem Körper tragen würde. Mit ruhiger Hand nahm sie alle drei Edelsteine aus dem Tresor. Gerade rechtzeitig, denn schon hörte sie Schritte näher kommen und Stimmen, die laut Befehle brüllten. Sie steckte die Steine ein und verschwand – so, wie sie gekommen war – lautlos in der Dunkelheit.

Chloé hatte es gerade in einen großzügigen Bereich geschafft, der aussah wie ein großes Wohnzimmer, als herannahende Schritte sie zwangen, sich hinter das große Sofa zu ducken. Soldaten mit vollautomatischen Waffen und Nachtsichtgeräten vor den Augen rückten vor. Sie durchkämmten den Raum Stück für Stück, und Chloé wusste genau, wonach sie suchten. Sie musste hier raus. Ihr blieb nur der Rückzug.

Mit einem letzten tiefen Atemzug rappelte sie sich auf und rannte zurück. Ihr war klar, dass man sie bemerken würde, aber es war ihre einzige Chance.

Sofort hörte sie die Männer brüllen. Sie hatten sie entdeckt. Chloé flog beinahe durch den Tunnel und wagte es nicht, sich nach ihren Verfolgern umzudrehen, bis sie die Finsternis des Altarraums vor sich ausmachte. Ein Schuss wurde abgefeuert, und sie schrie erschrocken auf, rannte aber stur weiter.

Den italienischen Befehl, stehen zu bleiben, verstand sie nicht einmal, und hätte ihn ohnehin nicht befolgt. Stattdessen floh sie weiter und stolperte die Stufen in die Kapelle hinauf. Wieder hallte ein Schuss, der irgendwo neben ihr in die Wand schlug, sodass die Funken flogen.

Sie holte Atem, als sie von den Beinen gerissen wurde und sich eine Hand fest auf ihren Mund presste.

Chloé realisierte kaum noch, was geschah. Sie wurde hochgehoben und rückwärts in den hintersten Teil der Kapelle geschleppt. Sie trat um sich, wollte sich befreien, aber die Stimme an ihrem Ohr warnte sie.

„Sei still, oder ich überlass dich denen", raunte Louis ihr zu, ohne ihre Einwilligung abzuwarten. Er betätigte einen Hebel, der in einer der Engelbüsten versteckt war, und zog sie mit sich durch einen weiteren geheimen Gang.

So gelangten sie hinter die Kapelle und von dort in einen Geheimgang, der zur Küste führte. Als Louis sie grob in die finstere Höhle stieß, atmeten die Männer, die sich dort bereits versammelt hatten, erleichtert aus.

Die Hüter drängten Fay, ihrer Schwester auf die Beine zu helfen und diese auf das Schnellboot zu schaffen. Das mächtige Gitter bewegte sich quietschend, und, als Chloé sich schließlich umsah, flog das Boot mit ihnen an Bord schon in hohem Tempo aus dem unterirdischen Versteck heraus und ließ die Küste Irlands in der aufspritzenden Gischt zurück.

„Wo sind die anderen?", fragte Fay. Deren rotes Haar hing ihr wirr ins Gesicht, die Kleidung und ihre Hände waren mit Blut beschmiert.

Chloé fragte sich kurz, ob ihre Schwester wohl verletzt sein mochte. Die Sorgen, die sie sich noch vor wenigen Wochen bei diesem Anblick gemacht hätte, konnte Chloé heute nicht empfinden. Als ginge Fays Gesundheit sie nichts an. Und wenn sie ehrlich zu sich selbst war, hatte sie weit Schlimmeres als ein wenig Blut in Kauf genommen, als sie Fay im Speisesaal sich selbst überlassen hatte. Sollten sich doch die Hüter um Fay kümmern. Sie hatte keine Schwester mehr. Sie hatte nur noch *ihn*.

„Cruz?", rief Fay eindringlich, denn er war der Letzte gewesen, der den Weg durch den Tunnel genommen hatte. „Wo sind Claudio und Arjen?"

Cruz' Blick verfinsterte sich, dann schüttelte er langsam den Kopf.

„Sie haben es nicht geschafft. Aber was wichtiger ist: Wir haben die *Wahrheit* verloren. Arjen starb in meinen Armen – mit seinem letzten Atemzug sagte er mir noch, die Angreifer hätten geflucht, weil der Tresor leer gewesen sei, als sie ihn erreichten. Wie zum Teufel kann das sein?"

Er sah in die verstörten Gesichter seiner Brüder.

„Verdammt, was ist da eben geschehen – und wer hat das Elixier?"

SCHLECHTE NACHRICHTEN

ROM, HEUTE

Lamar kauerte an Alessas Küchentisch. Die Nacht war heiß, ihm lief der Schweiß über den nackten Rücken. Reglos saß er da, das Gesicht in die Hände vergraben, der Kopf leer – kein Gedanke ließ sich fassen, seit Said ihn angerufen hatte.

Verloren.

Sie hatten alles verloren.

Der Wind blähte die vergilbten Vorhänge, aber die Luft brachte keine Erfrischung. Nicht einmal der Duft von Alessas Kräutern auf dem Fensterbrett war mehr zu erahnen, da sie bereits seit Tagen vertrocknet waren. Tage, in denen es ihm nicht gelungen war, Julien zu befreien. Nicht einmal Marzia konnte er aufsuchen, denn die mied ihre Villa und hatte sich stattdessen hinter sicheren vatikanischen Mauern verkrochen.

Doch in dieser Nacht – das hatte er sich geschworen – würde er sie sich holen. Zum ersten Mal, seit er sie beobachtete, war sie allein zu ihrem Anwesen gefahren. Nach Saids Anruf wusste er auch, warum. Der Angriff auf das Kloster. Sie fühlte sich sicher. Sie hatte es gewagt, ihre rubinrote Lanze mitten hinein in das Herz seiner Familie zu stoßen – und dafür würde er sie töten. Mit bloßen Händen.

Er schob den Stuhl zurück und erhob sich langsam. Es

war wie in den Momenten, bevor sie in eine Schlacht gezogen waren. In eine Schlacht im Namen des Glaubens. Und genau das würde er heute Nacht wieder tun. Er strich sich den langen Zopf auf den Rücken. Sein Blick fiel auf den mattglänzenden Dolch, und mit einem Ruck rammte er ihn in die Scheide an seinem breiten Ledergürtel.

Er kannte Marzia. Sie hatte ihnen eine tiefe Wunde zugefügt – und das gab ihr die nötige Sicherheit. Sie würde sich nicht länger im Vatikan verstecken, denn dort ließe sich der Triumph nur schwer auskosten. Außerdem hatte sie noch immer Julien in ihrer Gewalt – sie war demnach so sicher wie nur irgend möglich. Zumindest würde sie das annehmen.

Ob sie schon wusste, dass es ihren Männern dennoch nicht gelungen war, die *Wahrheit* in ihren Besitz zu bringen? Es würde ihm ein Vergnügen bereiten, sie aufzuklären.

Sie hatte ihren eigenen Untergang besiegelt, denn, wer immer das Elixier an sich gebracht hatte, teilte sicher nicht Marzias Interessen.

Er lächelte kalt und trat in die Nacht hinaus. Mit einem vernichtenden Blick auf die beleuchtete Kuppel des Petersdoms machte er sich auf, für Gerechtigkeit zu sorgen.

———◆———

Marzia wälzte sich unruhig im Bett. Das seidige Laken klebte ihr am Körper, und obwohl die Klimaanlage seit Stunden kalte Luft ausströmte und sie nur einen Spitzenslip trug, war ihr unerträglich warm.

Schließlich stand sie auf. Es war keine Nacht, um Schlaf zu finden. Ihre Gedanken kreisten um den Befehl, den sie Fischer gegeben hatte, und sie fragte sich, wohin das alles führen würde. Warum hatte sie Fischer und seine Truppen eigentlich nicht nach Irland begleitet? Unwillkürlich fuhr sie sich über die frischen Striemen an ihrem Rücken. In Irland wäre sie zumindest vor dem Wanderer sicher gewesen und hätte sich selbst davon überzeugen können, dass ihr Schlag gegen die Hüter von Erfolg gekrönt war. Doch stattdessen lag sie hier in Ungewissheit und wartete auf eine Nachricht des Kommandanten.

Immer wieder überlegte sie, ob sie eine andere Wahl gehabt hatte.

Sie griff sich den silbrig schimmernden Chiffonmantel und stieg die Stufen hinunter. Der kalte Marmor unter ihren Füßen war eine Wohltat für ihre aufgewühlten Nerven. Sie gab Eiswürfel in ein Glas und goss Zitronenlikör darüber. Mit geschlossenen Augen nippte sie daran und leckte sich die fruchtige Süße von den Lippen.

Egal, was diese Nacht brachte, sie würde morgen endlich entscheiden müssen, was sie mit Julien Colombier machen wollte. Sie drehte den Drink zwischen ihren Händen und trat an die große Glastür. Der Pool lag türkis glänzend vor ihr und versprach kühle Erfrischung, die sie dringend nötig hatte.

Nachdem sie Fischer den Befehl gegeben hatte, das Kloster zu überfallen, war sie zu Julien in den Kerker hinuntergestiegen, hatte dann aber gezögert, ihn zu töten. Er war als Druckmittel einfach zu wertvoll. Und ehrlicherweise musste sie zugeben, dass es ihr leidtäte, ihn zu vernichten. Sein Verrat schmerzte sie auch deshalb so sehr, weil sie ihn immer für aufrecht gehalten hatte. Für ihren Gegner – aber dennoch für ehrenwert.

Wenn jedoch Fischers Angriff erfolgreich verliefe, dann würde Julien eine Bedrohung darstellen. Sie konnte den süßen Geschmack des Likörs plötzlich nicht mehr genießen. Colombier war eine Bedrohung, die sie sich vom Hals schaffen musste.

Sie leerte das Glas und sah auf die Uhr, während der letzte Eiswürfel auf ihrer Zunge zerging.

Warum meldete sich Fischer nicht? Der Angriff musste längst erfolgt sein? Hatten sie das Elixier gefunden, oder hatte der Wanderer ihnen womöglich eine Falle gestellt?

Marzias innere Unruhe wuchs von Minute zu Minute, und sie riss die Tür zum Garten auf, um frische Luft zu bekommen.

Sie trat auf die Terrasse und setzte sich an den Beckenrand. Genüsslich tauchte sie die Beine ins Wasser und hielt den Atem an, als ihr das kühle Nass dabei in den Slip lief. Der Saum ihres Chiffonmantels trieb auf der Wasseroberfläche und sie beobachtete, wie sich das Mondlicht auf den Tropfen auf ihrer Haut spiegelte.

Es raschelte in der Finsternis hinter ihr, und Marzia wusste augenblicklich, sie hatte einen Fehler gemacht. Ohne sich umzudrehen, spürte sie, dass sie nicht länger allein war.

———————◆———————

„Du machst es mir leicht, dir die Kehle durchzuschneiden", raunte Lamar, als er direkt hinter ihr stand. Er wusste, dass sie ihn bemerkt hatte, seit er sich von der Gartenmauer gelöst hatte. Trotzdem drehte sie sich erst jetzt zu ihm um.

Ihre dunklen Augen glänzten wie Obsidian, und ihre olivfarbene Haut schimmerte golden im Mondlicht.

„Lamar", grüßte sie, ohne seine Drohung zu beachten. „Ich hatte so eine Ahnung, dass du Julien nicht allein lassen würdest."

Er lächelte kalt.

„Und doch bist du derart unvorsichtig?"

Marzia zuckte mit den Schultern und wandte sich weiter zu ihm um. Der Chiffon ihres Mantels klaffte auf und gab den Blick auf ihren Körper frei. Des Wanderers grausame Zeichen waren nicht zu übersehen, und Lamar atmete erschrocken ein.

„*Du* machst mir keine Angst, Lamar", erklärte sie. „Nur ich kann dir sagen, was mit Julien ist — darum stehst du tatenlos hinter mir, anstatt mich sofort zu töten."

Er ging neben ihr in die Hocke und hob ihr Kinn. Die Bisswunde an ihrer Halsbeuge verursachte ihm Übelkeit, und er strich ihr sachte den Chiffon von der Schulter. Sie ließ es zu, ohne den Blick zu senken.

Lamar schüttelte den Kopf über die bewusste Zerstörung ihrer Makellosigkeit.

„Warum, Marzia — spielst du des Wanderers Spiel mit? Warum hast du dich von uns abgewandt …", ohne sie zu berühren, fuhr er einen Schnitt an ihrer Brust nach, „… und dich dafür entschieden?"

Er zog sie auf die Beine und sah sich jede Wunde an. Er war gekommen, um ihr das Messer an die Brust zu setzen. Er hatte sie töten wollen, für das, was sie in Irland angerichtet hatte — aber nun glaubte er, dass sie längst tot war.

Ihr bitteres, kehliges Lachen lenkte seinen Blick auf ihre Lippen.

„Als hätte ich eine Wahl!" Sie ließ ihn stehen und ging ins Haus. Die wulstigen Striemen, die ihren nackten Rücken überzogen, bildeten einen hellen Kontrast zu dem feuchten Spitzenslip, in dem sie verschwanden. Lamars Kiefer zuckte. Er hatte nie ein krankeres Wesen getroffen als den

Wanderer. Es gab keine Grausamkeit, zu der er nicht fähig war.

Marzia ließ die Tür offen, denn sie wusste wohl, dass er sich davon nicht aufhalten lassen würde. Und wenn er sie so ansah – dann musste sie *ihn* wohl wahrhaftig nicht fürchten.

Zögernd ging er ihr nach und beobachtete von der Tür aus schweigend, wie sie ihnen beiden einen Drink eingoss. Noch immer nur im Slip kam sie zurück und reichte ihm das Glas, aber Lamar packte stattdessen ihren Arm.

„Ich nehme an, du weißt, was heute in Irland geschehen ist." Es war keine Frage.

„Ich weiß … was geplant war. Ob der Plan aufging – das weiß ich nicht. Weißt du es? Bist du deswegen hier?"

Nun flackerte doch kurz Angst in ihrem Blick auf, und Lamar hatte Mühe, ihr nicht doch eine weitere Wunde zuzufügen.

„Ja, das weiß ich", raunte er ihr drohend ins Ohr und nahm ihr das Glas aus der Hand, ohne sie jedoch loszulassen. „Und wenn stimmt, was man mir gesagt hat – haben wir beide verloren!"

Er leerte das Glas in einem Zug und presste es ihr wieder in die kalten Finger.

Ehe Marzia fragen konnte, was er damit meinte, klingelte ihr Handy. Ihr beider Blick fiel auf das Mobilteil, und Lamar stieß sie grinsend in diese Richtung.

„Ich nehme an, man erstattet dir Bericht. Geh, und hör es dir an!", verlangte er.

Er beobachtete sie, wie sie den Anruf annahm. Ihre schlanke Silhouette hätte ihm gefallen, wenn sie nicht seine Feindin wäre. Trotzdem erkundete er mit seinem Blick ungeniert ihren Körper – schließlich ging sie nicht gerade schüchtern mit ihrer Nacktheit um. Er sah den Puls an ihrer

Kehle sich beschleunigen, bemerkte die Veränderung in ihrer Stimme, als sie sprach, und wie sie blass wurde, als ihr der Sinn des Gesprächs bewusst wurde. Langsam ging Lamar näher und nahm ihr das Telefon aus den kraftlosen Händen. Sie sah ihn an. Mit angstgeweiteten Augen.

———◆———

Marzia fühlte die Ohnmacht, die nach ihr griff. Fühlte die Schwäche, die sie zu überwältigen drohte, und erkannte die Ausweglosigkeit ihrer Situation, sodass sie sich kraftlos an den Mann vor ihr klammerte.

Der Schmerz, den ihr der Wanderer zugefügt hatte, loderte in ihrer Panik hell auf und ließ sie keuchend zusammenbrechen.

Alles war umsonst gewesen!

Sie hatte einen Pakt mit dem Teufel geschlossen und dennoch alles verloren.

Sie spürte Lamars Arme, die sie auffingen, und hörte seinen Fluch, als er sie mit großen Schritten, immer mehrere Stufen auf einmal nehmend, die Treppe hinauftrug. Sie konnte das Zittern nicht unterdrücken, und so presste sie sich fest an seine Brust, selbst dann noch, als er sie auf ihr Bett absetzen wollte.

Sie hatte Angst, er würde sie töten, wenn sie ihn losließ, denn er musste sie hassen. Sie hoffte fast – er würde es tun, denn, wenn er es nicht täte, würde der Wanderer das auf seine Art erledigen.

Und tatsächlich löste Lamar sich aus ihrer Umklammerung und rückte ein Stück von ihr ab, als ertrüge er ihre Berührung nicht. Der Blick aus seinen eisblauen Augen war kalt, aber nicht grausam.

„Warum, Marzia? Wieso musste es so weit kommen?"

Er schüttelte den Kopf und rieb sich das bärtige Kinn. „Wir haben gute Männer verloren – die dich und deine Kirche durch ihr Stillschweigen über Jahrhunderte geschützt haben."

Marzia schloss die Augen. Sie konnte seinem Blick nicht standhalten.

Was hatte sie nur getan?

„Wer hat die *Wahrheit*?", flüsterte sie tonlos, denn noch immer konnte sie nicht glauben, was Fischer ihr gesagt hatte. Dass ihr Angriff zwar erfolgreich gewesen sei und sie das Versteck der Steine auch gefunden hätten, der Tresor sei aber leer gewesen. Hatten die Hüter in weiser Voraussicht die Rubine längst woanders versteckt? Hatte der Wanderer sie trotz der Qualen und Demütigungen, die sie durch ihn hatte erleiden müssen, getäuscht?

Nichts machte mehr Sinn. Sie verfluchte sich selbst dafür, Paschalis an dem Tag an der Küste nicht in die Tiefe gestoßen zu haben, denn damit hatte das Unheil erst begonnen.

Sie zuckte zusammen, als Lamars Berührung sie zwang, die Augen wieder zu öffnen.

„Wir alle haben die *Wahrheit* verloren – aber sie ist noch irgendwo da draußen, und wir müssen sie zurückbekommen. Unbedingt!" Er zückte seinen Dolch mit der rubinrot schimmernden Klinge. „Auch wenn das bedeutet, gemeinsame Sache mit unseren Feinden zu machen."

Damit reichte er ihr die Klinge mit dem Griff zuerst und sah ihr tief in die Augen.

„Wenn der Wanderer dir das nächste Mal zu nahe kommt – dann will ich, dass du dich wehrst, Marzia, denn das …",

107

er deutete auf ihre Wunden und warf ihr eine Bluse und eine Jeans zu, „… denn das ist für ihn nur ein Vorspiel – und das weißt du. Zieh dich an!"

Er stand auf und trat ans Fenster. Sein breiter Rücken nahm Marzia die Sicht auf Rom, und sie wog das Messer in ihrer Hand ab, ehe sie es unter ihr Kopfkissen schob und in die Hose schlüpfte.

„Und nun? Was willst du von mir?"

Mit zitternden Fingern knöpfte sie die Bluse zu.

„Julien. Bring mich zu Julien! Nur gemeinsam können wir jetzt die Katastrophe noch verhindern."

Marzia konnte nicht glauben, was sie da hörte.

„Was soll das bedeuten? Willst du mir sagen, du sinnst nicht nach Rache für den Angriff, den ich befohlen habe? Willst du deine Brüder nicht rächen?"

Lamars Schnauben ließ sie frösteln. Als er sich zu ihr umdrehte, gefror ihr aber das Blut in den Adern. Seine Stimme war gefährlich tief, und er ließ sie in seine Seele blicken, als er zu ihr kam.

„Denke nicht, dass ich dich verschonen würde – ginge es nur um uns. Du hast einen Fehler gemacht – den du bitter bereuen wirst, das schwöre ich dir bei meinem unendlichen Leben, Marzia. Ich höchstpersönlich werde dafür sorgen, dass du für die Männer bezahlst, die du heute Nacht hast ermorden lassen." Er packte ihre Kehle und brachte sein Gesicht ganz nah an ihres. „Ich sinne nach Rache, Marzia – und ich werde meine Brüder rächen, sei dir dessen sicher. Nur nicht sofort, denn erst wirst du mich zu Julien bringen."

UNTER VERDACHT

---◆---

IRLAND, HEUTE

Chloé sah sich den misstrauischen Gesichtern der Hüter gegenüber. Selbst Fay schien ihr nicht zu glauben. Die saß schweigend im Heck des Schnellbootes und war in Gedanken versunken.

„Ich hab damit nichts zu tun!", versicherte Chloé zum hundertsten Mal, aber niemand schenkte ihren Worten Gehör.

„Ich habe dich aus dem Bunker kommen sehen! Dich! Niemanden sonst. Also hör auf mit den Lügen und sag uns, wo die Rubine sind!"

„Seid ihr taub? Ich habe sie nicht! Ich habe sie nicht einmal gesehen!" Sie wollte aufstehen, aber Cruz' Hand auf ihrer Schulter drückte sie zurück auf den Sitz. Sie schüttelte den Kopf und sah die Männer flehend an. „Bitte, ihr müsst mir glauben. Als die Kirche plötzlich bebte, bin ich einfach gerannt. Ich habe nicht geschaut, wohin ich gehe – nur weg von den herabstürzenden Trümmern. Ich wusste doch nicht mal, wo ich war!"

„Für unseren Geschmack warst du zu nah an der *Wahrheit* – dafür, dass du behauptest, dich nicht auszukennen!" Louis' Mund war zu einer schmalen Linie zusammengepresst, und sein Kiefer zuckte so, als wollte er die Wahrheit zur Not mit Gewalt aus ihr herauszwingen.

„Fay, sag doch etwas! Du weißt, dass ich … keine Ahnung … ich hab jedenfalls damit nichts zu tun!"

Fay hob kurz den Kopf, senkte ihn aber sogleich wieder. Sie zuckte mit den Schultern und sah schließlich Cruz an.

„Ich glaube ihr nicht", flüsterte sie tonlos.

Chloé sprang auf. „Was? Was soll der Scheiß?", brüllte sie und ballte die Hände zu Fäusten. Wieder hielt Cruz sie zurück, und so blieb ihr nichts weiter übrig, als Fay mit bösen Blicken zu bedenken.

„Ich kenne dich nicht mehr, Chloé!", verteidigte die sich. „Ich weiß nicht, auf wessen Seite du stehst!"

„Wessen Seite? Was für ein Mist soll das sein? Ich sehe nicht mal, dass es mehr als eine Seite gibt! Ich bin hier – ihr seid es … und mehr … ist da nicht, oder? Es tut mir leid, dass ich etwas neben mir stehe und du dafür kein Verständnis hast, obwohl du meine Schwester bist. Es tut mir leid, dass ich mich in der Kapelle nicht einfach von den Steinbrocken hab erschlagen lassen, nur um mich von jeder Verdächtigung reinzuwaschen! Fick dich, Fay, wenn du denkst, dass ich etwas mit dem Verschwinden der Steine zu tun habe! Fick dich!"

Cruz packte Chloé am Arm und führte sie hinunter in die flache Kabine. Er stieß sie beinahe die wenigen Stufen hinunter.

„Setz dich und gib mir deine Hände!", verlangte er.

Chloé riss sich los.

„Was? Was hast du vor?", fragte sie panisch.

„Ich werde dir Fesseln anlegen … weil niemand hier an Bord dich für ein Opfer hält", raunte er und packte ihre Handgelenke.

Chloé trat nach ihm. Sie zielte zwischen seine Beine, aber

es half nichts. Schon konnte sie ihre Hände nicht mehr bewegen, und Cruz trat lässig zurück.

„Wenn du nicht aufhörst, zu treten und zu schreien, dann kann ich dich auch knebeln und dir die Beine fesseln. Willst du das?"

„Du Wichser!", schrie sie hasserfüllt.

Cruz' Augen wurden schmal.

„Willst du das?", hakte er nach.

Dieses Mal schwieg sie. Sie zog die Beine an ihre Brust und versuchte, ihn nicht weiter zu beachten.

Mit einem ordentlichen Schlag zog er die Tür hinter sich zu und schloss ab. Sie hörte, wie sich seine Schritte entfernten.

Die Kabine war winzig, und das Schwanken des Bootes verursachte ihr Übelkeit. Der Riemen, mit dem ihre Hände gebunden waren, schnitt ihr ins Fleisch, und egal, wie fest sie daran riss, sie bekam sie nicht frei.

Sie kämpfte sich auf die Beine hoch und drängte sich an das schmale Fenster in der Tür, die nach oben führte. Die Küste Irlands zog vorüber, und schon nach kurzer Zeit legten sie ganz in der Nähe des Klosters wieder an. Chloé sah noch das Leuchten des Himmels in der Ferne – dort, wo das Kloster in Flammen stand. Sie beobachtete, wie alle außer Louis von Bord gingen. Als auch nach einigen Minuten nichts weiter geschah und selbst Louis nicht mehr zu sehen war, wagte sie es.

Sie kniete sich hin und versuchte mit den gefesselten Händen, an ihren Schuh zu gelangen. Das war schwierig, und immer wieder schielte sie zur Tür, aber alles blieb still. Das leichte Schwanken des Bootes kam nicht von einer Bewegung an Bord, sondern von den Wellen, und so konzentrierte sie sich voll auf ihre Aufgabe. Als sie den

Schuh endlich ausgezogen hatte, war es einfacher. Sie zupfte die dünne Innensohle heraus. Darunter kam Cruz' Handy zum Vorschein.

Ohne jeden Zweifel, das Richtige zu tun, wählte sie die eine Nummer, die alle ihre Gedanken beherrschte.

Matteo konnte nicht glauben, was er sah. Die Flammen erhellten den gesamten Horizont. Nach Saids Anruf hatte er seine Maschine gewendet und war zurück in Richtung Kildale gefahren. Das Gefühl, seine Freunde – auch wenn es nicht einfach zwischen ihnen war, sah er sie so – im Stich gelassen zu haben, hatte ihn umkehren lassen. Aber er hatte nicht mit dieser absoluten Zerstörung gerechnet.

Im Dunkel der Nacht verborgen, beobachtete er, wie die Truppe Männer sich in militärischer Formation zurückzogen und in dunklen Transportern davonfuhren. Die Stimmung unter ihnen wirkte aggressiv und deutete vielmehr auf eine Niederlage als auf den Sieg, den das zerstörte Kloster darstellte. Aus Kildale preschten Feuerwehrwagen heran und machten die Nacht zum Tag.

Gebückt kroch Matteo zurück hinter den Hügel, wo er sein Motorrad abgestellt hatte. Er glaubte keine Sekunde daran, dass jemand anderes als diese Männer die *Wahrheit* aus dem Kloster entwendet hatte. Auch wenn Louis Fays Schwester verdächtigte, so hätte sie die drei Steine doch unmöglich heimlich wegschaffen können.

Darum setzte er sich den Helm wieder auf und folgte den Transportern in unauffälligem Abstand. Sie fuhren viel zu schnell durch Kildale, aber er hatte keine Mühe, an ihnen dranzubleiben. Das ganze Dorf war in Aufruhr, denn die

Sirenen rissen den Ort aus dem Schlaf, und Schaulustige strömten aus ihren Häusern.

Alles in ihm schrie nach einem Drink, aber diesmal – so schwor er sich – würde er die Hüter nicht enttäuschen. Vielleicht konnte er irgendwann wirklich aus seiner selbstgewählten Einsamkeit ausbrechen und zu ihnen zurückkehren. Mehr denn je brauchten sie ihn nun.

Als er seine Maschine bedächtig am Bahnhof vorbeilenkte und dabei die Rücklichter der beiden Transporter nicht aus den Augen ließ, weckte etwas seine Aufmerksamkeit.

Er drosselte die Geschwindigkeit und sah den in der Ferne kleiner werdenden Rücklichtern nach. Die Straße verlief schnurgerade – er konnte sie leicht wieder einholen. Doch erst …

Er stieg ab und sah sich um. Niemand beachtete ihn, als er der Gestalt, an der sein Blick hing, auf den Bahnsteig folgte.

„Verdammt!", fluchte er, als das Licht einer Laterne auf den ihm wohlbekannten wasserstoffblonden Schopf fiel.

Das Weib aus Paris. Wenn das kein Zufall war. Sicher war sie ihm nicht deshalb gefolgt, weil er es ihr so gut besorgt hatte. Besonders, weil er nie gesagt hatte, wohin er gehen würde. Hatte es ja zu dieser Zeit selbst noch nicht gewusst. Aber eines war jetzt klar: Anscheinend hatte er sich nicht darin getäuscht, als er annahm, diese Jade sei aus einem bestimmten Grund auf ihn zugekommen. Und dieser Grund war nicht Sex gewesen!

Das machte ihn wütend. Wie hatte er nur so dämlich sein können! Doch was sollte er jetzt tun? Sie war nicht allein unterwegs, und die Nervosität, die beiden Frauen ins Gesicht geschrieben stand, ließ ihn zögern.

Was, … wenn diese Schlampe doch die Antwort auf das Rätsel der verschwundenen Steine war?

Ein Zug fuhr in den Bahnhof ein, und die beiden Frauen beeilten sich, einzusteigen. Er verfolgte durch die Scheiben, wie sie die Waggons nach einem Sitzplatz durchkämmten, und sah seinen Verdacht bestätigt, als sie sich schließlich setzten und sich anlächelten, als hätten sie Grund zu feiern.

Als der Schaffner kam, reichte ihm das Flittchen die Tickets. Die andere sah aus dem Fenster, als wollte sie nicht erkannt werden. Dabei schob sie sich die schwarze Kapuze vom Kopf, und Matteo bemerkte die dunklen Lederhandschuhe, die sie trug.

Nein, das war kein Zufall.

Als der Zug aus dem Bahnhof fuhr, studierte er den Fahrplan und stieg auf seine Maschine. Er war sich sicher, der *Wahrheit* zu folgen.

———————◆———————

Jade tippte etwas in ihren Laptop. Ihre Finger zitterten, als sie auf *Senden* drückte. Plötzlich war ihr übel. Sie würde die Welt verändern. Diese Erkenntnis machte ihr Angst, und sie schloss ihre Finger um den Kaffeebecher, den Mave aus dem Zugrestaurant geholt hatte. Wie eine entsicherte Bombe fühlten sich die drei Rubine in ihrer Tasche an, und Jade wartete nur darauf, dass alles um sie herum in die Luft ging. Mühsam schluckte sie den Speichel hinunter, der sich viel zu schnell in ihrem Mund bildete. Sie musste sich beruhigen. Alles war gut. Um sich davon zu überzeugen, sah sie sich in dem fast leeren Zugabteil um, und tatsächlich war nichts Ungewöhnliches zu sehen. Sie konnte nicht fassen, dass sie so glimpflich damit davonkommen sollte, den größten Schatz der Menschheit gestohlen zu haben. Und noch weniger konnte sie fassen, dass Mave, den Kopf gegen das Zugfenster gelehnt, seelenruhig eingeschlafen war, nachdem sie gerade erst in ein Kloster eingedrungen war, das von irgendwelchen Truppen unter Beschuss genommen und gestürmt worden war. Einem Impuls nachgebend, strich sie eine von Maves blonden Strähnen von deren Wange. Diese Frau hatte ihr Leben verändert. Sie wünschte, es gäbe eine Chance auf mehr zwischen ihnen beiden, wenn sie erst aller Welt die Wahrheit über die katholische Kirche, Jesus Christus und die Lüge dieser Weltreligion offenbart haben würde. Doch leider würden sich ihre Wege vorerst trennen müssen. Mave würde zurück nach Wales fahren, während ihr Weg sie zuerst nach London führte. Sie würde allein gehen. Zu Maves Sicherheit.

Ihr Laptop brummte.

Unruhig riss sie ihren Blick von der schönen Diebin los und klickte auf ihr Mailprogramm.

Sie hatte jeden Befehl der Bruderschaft missachtet. Hatte ihre Nachforschungen geheim gehalten, auf eigene Faust gehandelt und – entgegen allen Regeln – den obersten Führer der *Bruderschaft des wahren Glaubens* direkt kontaktiert. Sehr direkt. Ganz sicher zu direkt. Sie hatte Angst, die Mail zu öffnen, und zugleich war ihr danach, der Welt den Mittelfinger zu zeigen, denn sie – und nur sie – war im Besitz des Elixiers, welches Unsterblichkeit brachte.

IM MORGENROT

―――――◆――――

ROM, HEUTE

Julien hatte jedes Gefühl für die Zeit verloren. Die Dunkelheit schluckte nicht nur jeden Umriss, jede Ecke, sie verschlang auch die Minuten, Stunden und Tage. In dieser finsteren Unendlichkeit ohne jedes Wissen um Fay und seine Männer wuchsen seine Ängste und Sorgen, bis er glaubte, der ganze Raum sei damit gefüllt. Es war die Erinnerung an Fays Augen, die ihm half, wenn er glaubte, die Dunkelheit würde ihn erdrücken. Wie eine schwarze Wand lastete diese auf seiner Brust und quälte ihn. Er wünschte, nur einen Blick auf Fays flammendes Haar werfen zu können – um zu wissen, dass er überhaupt noch in der Lage war, zu sehen. Aber er wollte es nicht nur sehen. Er wollte es fühlen, sich darin vergraben. Er wollte Fay an seiner Seite haben, damit sie ihm den Schmerz in seiner Brust vergessen ließ.

Wieder riss er an den Ketten, die wie schon Hunderte Male zuvor keinen Zentimeter nachgaben. Ein hilfloser Schrei entstieg seiner Kehle, als ihm etwas klar wurde: Es war gut möglich, dass Fay altern und schließlich sterben würde, ehe Marzia ihn aus diesem Verlies befreite.

Wenn sie denn noch lebte … Er hatte keine Ahnung, ob sie und seine Männer aus Rom entkommen waren oder ob

Marzias Truppen ihren Rückzug vereitelt hatten. Er verfluchte Marzia, weil sie ihn in dieser quälenden Ungewissheit ließ, und er verfluchte sich selbst, ihr nicht schon die Kehle durchgeschnitten zu haben, als er noch die Gelegenheit dazu gehabt hatte. Sein dummes Mitleid mit dieser Frau, die durch den Wanderer so viel hatte erleiden müssen, war ihm nun zum Verhängnis geworden, und, ob er wach war oder schlief, seine Gedanken waren so finster wie das Loch, in dem er gefangen gehalten wurde.

Später – viel später erklangen Schritte.

Julien blinzelte, als ihn zwei Männer aus seiner Zelle in einen hell erleuchteten Gang führten. Die Tage in der Dunkelheit hatten seine Augen empfindlich werden lassen, und er konnte außer der unglaublichen Helligkeit kaum etwas erkennen.

„Hier lang!", wurde er angewiesen und am Ärmel weitergezogen. Er fragte sich, was man mit ihm vorhatte, denn, wann immer sich in den letzten Tagen die Tür zu seiner Zelle geöffnet hatte, war nur Marzia erschienen. Sie hatte wortlos an seiner Seite gestanden und anscheinend nicht gewusst, was sie mit ihm tun sollte. Vielleicht – so überlegte er – wusste sie es jetzt.

Seine Wunde in der Brust schmerzte noch immer bei jedem Schritt, und seine Muskeln krampften nach der langen Zeit, die er gefesselt zur Untätigkeit gezwungen gewesen war. Die wenigen Tage waren ihm im Vergleich zu seinem unendlichen Leben ziemlich lang erschienen, und egal, was ihn jetzt erwartete, er war froh, der Dunkelheit entronnen zu sein. Langsam nahmen die Dinge um ihn herum Form an. Er erkannte Schatten und Farben, und je länger er sich durch das Labyrinth von Gängen führen ließ und je häufiger er blinzelte, umso klarer wurde sein Blick.

Als er schließlich einen endlosen, mit blauem Perserteppich ausgelegten Flur, der jeden Schritt schluckte, entlang gebracht wurde, stach ihm das Licht zwar nach wie vor wie eine vergiftete Pfeilspitze hinter den Augen, aber er konnte sehen.

Er sah die mit Intarsien verzierte Tür, durch die er ging, und auch die Frau, die im Raum dahinter auf ihn wartete. Das Morgenlicht ließ das edle Zimmer in warmem Rot erglühen und warf lange Schatten an die Wände. Was für eine perfekte Kulisse für die Demonstration ihrer Überlegenheit, dachte Julien, aber anders als zuletzt schien Marzia ihre ganze Selbstsicherheit eingebüßt zu haben. Genau genommen sah sie aus, als stünde sie kurz vor einem Zusammenbruch. Erst, als sich die Tür hinter ihm schloss, bemerkte er Lamar, der in einem der dick gepolsterten Sessel saß.

„Verdammt, Juls! Wie siehst du denn aus?", rief der und sprang auf. Lamars stechender Blick ließ Marzia einen Schritt zurückweichen und den Kopf senken, denn ihr war klar, dass Julien in einem erbärmlichen Zustand war.

„Er lebt – was willst du mehr?", fragte sie leise, ohne die Hüter jedoch anzusehen.

Selbst das goldene Licht des anbrechenden Tages vermochte nicht darüber hinwegzutäuschen, dass sie Julien wie eine Ratte in ein Loch gesperrt hatte. In ein schmutziges Loch.

„Ich bin okay, mach dir keine Sorgen", erklärte Julien. „Was ist hier los? Was tust du hier – was tut *ihr* hier?", verbesserte er sich, als ihm auffiel, dass es scheinbar Lamar war, der die Situation kontrollierte. Und egal, was der von ihm halten mochte, Julien musste noch etwas anderes wissen: „Wo ist Fay? Geht es ihr gut?"

Lamars Blick verdunkelte sich.

„Das Kloster wurde angegriffen. Arnulf, Arjen und Claudio sind tot. Die *Wahrheit* ist verschwunden – aber ja, der *Stripperin* geht es gut. Bist du damit zufrieden?"

Auch wenn er Erleichterung wegen Fay spürte, taumelte Julien unter der Wucht von Lamars Worten. Er fuhr sich durch die filzigen Haare und schüttelte ungläubig den Kopf.

„Wie …?"

Lamar umrundete den Schreibtisch und packte Marzia am Oberarm. Er zerrte sie vor Julien und knöpfte ihr fahrig die obersten Knöpfe der Bluse auf.

„Befohlen hat sie es …", er deutete auf die nicht zu übersehenden Striemen, „… aber dahinter steckt der Wanderer."

Marzia entriss Lamar den Arm und rieb sich die Stelle, an der er sie gepackt hatte.

„Das stimmt so nicht!", erklärte sie mit hoch erhobenem Haupt. „Ihr habt mich zum Handeln gezwungen. Nicht der Wanderer. Wer hat denn unser Stillhalteabkommen gebrochen? Ich – oder ihr? Habt ihr ihm nicht vor meinen Augen einen Rubin übergeben?", schrie sie und stampfte mit dem Fuß auf. „Ihr habt ihm die Zukunft meiner Kirche in die Hände gegeben! Ausgerechnet ihm! Nun tut nicht so, als hättet ihr mir eine Wahl gelassen. Das hier …" Sie riss ihre Bluse noch weiter auf und drehte sich, sodass Julien ihren geschundenen Rücken sehen konnte. „… das hier, ist sicher nicht das, was ich wollte!"

Julien kniff die Augen zu schmalen Schlitzen zusammen und stieß sie von sich.

„Das interessiert mich nicht! Der Wanderer ist dein Problem – nicht unseres! Wenn er dir die Haut vom Rücken ziehen will, Marzia, dann gebe ich ihm meinen Segen!", spie er, denn der Schmerz über den sinnlosen Tod seiner Brüder drohte, ihn zu ersticken. Und die Erleichterung, zumindest Fay in Sicherheit zu wissen, verursachte ihm Schuldgefühle.

„Der Rubin, den wir dem Wanderer übergeben haben, war aus Paris. Willst du wissen, von wem wir ihn hatten, ehe du deine Anschuldigungen vorbringst? Es war ein Stein aus dem Erbe von Konstantin dem Großen!"

Marzia schüttelte verwirrt den Kopf.

„Aber … Konstantin und ich – wir haben nur einen Rubin gefunden, als wir auf Neros Totenacker nach Petrus' Grab gesucht haben. Und dieser war leer!"

Julien nickte.

„Richtig. Er war leer. Der Stein, den wir in Paris an uns gebracht hatten, der Stein, für den du Gabriel hast töten lassen, war leer. Wir haben dich nie verraten, Marzia. Du hast den Wanderer in Paris ins Spiel gebracht und damit unser Abkommen gebrochen."

„Nein! Davon wusste ich nichts! Kardinal Paschalis hat auf eigene Faust gehandelt. Das musst du mir glauben, Julien. Außerdem meint Paschalis, dass der Wanderer seine Geschäfte nicht nur mit ihm macht."

Lamar lachte bitter und ließ seine Faust auf die Tischplatte krachen.

„Der Wanderer ist ein Söldner! Das war er immer! Er nimmt sein Geld von uns allen – aber verpflichtet fühlt er sich nur sich selbst! Er hat es sich zum Spiel gemacht, all jene zu jagen, die – wie wir – unsterblich sind. Darum folgte er auch Jesus nach Rom. Darum das Feuer. Es ist sein Spiel. Wir haben ihn dafür bezahlt, dass er uns in Ruhe lässt – und doch hat er Gabriel ermordet. Seine Regeln ändern sich, so wie sich der Wind dreht! Wer ihm vertraut, macht ein schlechtes Geschäft."

„Dann glaubt ihr, er hat jetzt die *Wahrheit*? Wie das?", fragte Marzia. „Er hat mir gesagt, ihr hättet euch in einem irischen Kloster verschanzt, aber ich dachte, er braucht mich und Fischers Gardisten, um an die Steine zu gelangen – die ich ihm natürlich niemals gegeben hätte!" Ihre Lippen waren blutleer, und sie rieb sich die kalten Hände.

Julien ging nachdenklich auf und ab.

„Wie konnte er überhaupt unser Versteck aufspüren? Woher wusste er von dem Kloster?"

Er wünschte, Gabriel oder Arjen wären hier. Die beiden hatten immer einen klaren Kopf behalten, wohingegen er selbst sich oft von Gefühlen hatte leiten lassen. So auch jetzt. Der Gedanke an Fay machte ihn verrückt, denn er wollte sich selbst davon überzeugen, dass es ihr wirklich gut ging. Und zugleich wollte er Marzia dem Wanderer überlassen, damit dieser sie zerstörte, wie sie seine Brüder zerstört hatte.

„Er hat uns alle benutzt", warf Lamar nachdenklich ein. „Ich habe lange darüber nachgedacht und bin zu dem Schluss gekommen, dass er von Anfang an alle Fäden in der Hand hatte. Ich glaube, er hat Chloé nur aus diesem Grund mit sich genommen. Damit wir sie befreien und er über sie Zugang zu unserem Versteck bekommt. Chloé war im Kloster – und nun ist die *Wahrheit* verschwunden. Das kann kein Zufall sein. Je länger ich darüber nachdenke, umso sicherer bin ich, dass es ihm nie um den Rubin ging, den wir ihm ausgehändigt haben. Er hat diesen Aufwand nur betrieben, um Chloé – seine Spionin – unbemerkt bei uns einzuschleusen."

Julien schüttelte nachdenklich den Kopf.

„Ich weiß nicht, Lamar. Hast du sie in der Krypta nicht gesehen? Warum sollte sie ihm helfen? Er hat sie schwer misshandelt und wer weiß was mit ihr gemacht."

Lamar nickte.

„Ja, aber er hat auch davon gesprochen, sie unsterblich machen zu wollen. Was, wenn sie das für eine gute Idee hält?"

„Wer ist diese Chloé?", fragte Marzia scharf. „Meine Männer sind noch in Irland – sie können sie ausschalten."

„Nein!", fuhr Julien sie an und packte sie am Kragen ihrer offen stehenden Bluse. „Du hast genug Unheil angerichtet. Ich gehe nach Irland." Er konnte nicht zulassen, dass Fay erneut in Gefahr geraten würde. „Du sagst deinen Männern, dass sie von nun an meinem Befehl gehorchen. Richtet noch einmal einer von ihnen eine Waffe auf uns, dann wird Lamar dich dafür zur Rechenschaft ziehen."

„Ich? Was soll das bedeuten?"

Julien legte Lamar die Hand auf die Schulter und beschwor ihn:

„Lamar, ich brauche dich hier, denn ich traue Marzia keinen Meter weit. Ich will, dass du rund um die Uhr bei ihr bleibst. Weder ihre Männer noch der Wanderer dürfen ihr zu nahe kommen, ehe wir nicht wissen, wo sie wirklich steht."

„Verdammt, Juls! Drei unserer Männer sind tot. Du brauchst mich, um die Rubine zu finden!"

Lamars Wut war offensichtlich. Er hatte die Hände zu Fäusten geballt und sah so aus, als würde er Marzia gleich den Hals umdrehen, um sich ihrer und der damit verbundenen Pflicht zu entledigen.

„Ich brauche dich hier!", wiederholte Julien mit Nachdruck.

„Ohne mich wärst du noch immer eingekerkert!",

widersprach Lamar erneut.

Julien trat näher und sah seinem Waffenbruder tief in die Augen. Sein Blick war so unbeugsam wie sein Wille.

„Willst du die Befehle geben? Dann hättest du mich besser im Kerker lassen sollen, Lamar. Das hast du aber nicht – also folge meinen Befehlen."

Lamar schnaubte und wandte sich ab.

„Lamar!", ermahnte ihn Julien und wartete, dass sein Freund ihn wieder ansah. Als er es tat, waren seine Lippen mürrisch zusammengekniffen und seine blauen Augen bohrten sich in Juliens.

„Ich bleibe also hier?", hakte er nach, und jedes Wort war eine Herausforderung, aber Julien wusste, Lamar hatte nachgegeben.

„Ja. Hab ein Auge auf alles, was unsere *liebe Freundin* hier …", er sah Marzia verächtlich an, „… so treibt. Wir können in Kontakt bleiben, denn, wie es aussieht, kann es nicht mehr schlimmer kommen. Bruderschaft hin oder her."

Lamar nickte und trat an Marzias Seite, aber die versperrte Julien den Weg, als er zur Tür gehen wollte.

„Julien – warte!" Sie strich sich das Haar zurück und sah beide Männer eindringlich an. „Ich werde meine Männer deinem Befehl unterstellen, aber …"

„Aber was?"

„Aber wir müssen vorher eine Entscheidung treffen."

„Welche Entscheidung?"

„Darüber, was mit der *Wahrheit* geschieht, sollte es dir – uns – gelingen, sie zurückzubekommen. Du willst sie – ich will sie, und etliche andere jagen ihr ebenfalls nach. Das muss ein Ende finden. Die Welt, wie wir sie kennen, hängt davon ab, dass niemand die Wahrheit erfährt. Das weißt du, darum habt ihr das Elixier so lange gehütet."

„Du hast recht, Marzia. Aber mit dir … treffe ich keine Entscheidungen."

Das Silberfuchsfell fühlte sich erregend samtig unter seiner Wange an, und er atmete tief den Geruch von sexueller Erfüllung ein, der dem Bettüberwurf entstieg. Er fühlte Chloés Lust, sobald er das Fell berührte, und so lag er hier und sah sich wieder und wieder die Aufnahmen der Kameras an, die sie beide zeigten. Es erregte ihn wie nichts je zuvor, zu sehen, dass sie trotz der Qualen, die er ihr bereitete, nichts mehr wünschte, als dass er sie fickte.

Er umfasste seinen Schwanz und fühlte das gleiche verlangende Pulsieren wie die sich windende Französin auf dem Video. Er sah ihr Blut aus dem Kratzer an ihrer feuchten Schenkelinnenseite sickern und schmeckte beinahe ihr salziges Aroma. Er griff nach der Fernbedienung und stellte den Ton so laut, wie es die Anlage zuließ. Chloés atemloses Keuchen trieb ihn dem Höhepunkt entgegen, und erst kurz bevor er sich selbst befleckte, zog er seine Hand aus der Hose.

Sein eigener lustvoller Schrei, weil er sich die Erfüllung versagte, hallte im Einklang mit Chloés befriedigtem Wimmern von den hohen Decken wider. Er war nicht so schwach, sich jedem Verlangen zu ergeben. Darum würde er warten, bis sein Spiel an diesem Punkt war, wo er alles von ihr haben würde. Und das – so hoffte er, würde nicht mehr lange dauern.

Genau genommen wartete er, seit er das Zimmer betreten und sich auf das Fell gelegt hatte, nur auf eines. Auf ihren Anruf. Entschieden, sich auf das Wesentliche zu besinnen, schaltete er Chloés Stöhnen auf stumm und warf einen Blick auf sein Handy. Lautlos rekelte sich auf dem Flachbildschirm die magere Französin nun unter seiner Berührung, und sein Mundwinkel zuckte, als er an ihre Schmerzenslaute dachte.

Sein Schwanz pochte, als das Handy klingelte und er Chloés ersten rasselnden Atemzug vernahm.

„Hast du es?", fragte er und lauschte hingebungsvoll ihrem pfeifenden Atem. Er wusste, sie hatte Medikamente gegen ihre Atemnot. Dass sie diese nicht verwendete, konnte nur eines bedeuten. Sie schenkte ihm Lust.

Und obwohl ihm nicht gefiel, was er hörte, war er doch mehr als zufrieden.

„Sag es, süße Chloé – sag es. Willst du, dass ich dich hole? Willst du das?"

Er spürte ihr Zittern selbst über die Entfernung, und das Lächeln erreichte seine Augen, als er die Frage wiederholte.

„Sag mir, Chloé – wem gehörst du?"

Ihre Antwort kam schwach, und er spürte ihre Angst gemischt mit ihrer Verzweiflung, weil sie die Wahrheit nicht länger leugnen konnte.

Er lachte.

„Das sollten wir feiern, wenn ich bei dir bin." Sein Blick fiel auf die Peitsche mit den Rubinen. „Und ich weiß auch schon, wie."

Das Wiedersehen

---◆---

Irland, Heute

Julien blickte in die verschlossenen Gesichter der Männer, die den Angriff auf das Kloster durchgeführt hatten. Er spürte den Hass in seinen Adern, und jeder Atemzug kostete ihn Überwindung, denn er wollte nicht dieselbe Luft atmen wie diese Soldaten. Sie hatten seine Brüder auf dem Gewissen.

Fischer sah ihn misstrauisch an, als könnte er Juliens Rachegedanken lesen.

Es widerstrebte Julien, mit den Gardisten zusammenzuarbeiten, aber er hatte keine Wahl. Allein mit Cecil, Said, Cruz und Louis würde er die *Wahrheit* nicht zurückholen können.

Der Transporter ruckelte über die unebene Straße in Richtung Küste, wo er Marzias Männer mit seinen Brüdern zusammenführen würde, damit sie ihr gemeinsames Ziel verfolgen konnten.

Als der Wagen anhielt, riss er die Tür auf und sprang aus dem Heck. Das Erste, was er sah, war Fays flammendes Haar, das im Wind tanzte und ihn magisch anzog. Er konnte den Blick nicht von ihr nehmen, als er langsam näher ging. Aber er wusste, wo seine Priorität liegen musste, und so lächelte er sie nur kurz an, ehe er Louis umarmte und Said vertraut auf die Schultern klopfte.

„Wo sind die anderen?", fragte er und trat an Fays Seite. Er fasste ihre Hand und spürte, dass sie wünschte, er möge sie in seine Arme schließen, doch dafür war jetzt nicht der rechte Moment, denn er glaubte nicht, sie dann wieder loslassen zu können. Sie nach all den Tagen endlich zu sehen, machte ihm deutlich, wie sehr er sie vermisst hatte. Mehr, als für einen Mann in seiner Lage gut war.

„Im Versteck. Sie sind nicht einverstanden damit, mit diesen Kerlen zusammenzuarbeiten", erklärte Said.

Julien sah über die Schulter zu den beiden Vans, in denen Marzias Männer auf weitere Anweisungen von ihm warteten.

„Ich bin auch nicht scharf darauf, aber uns bleibt keine andere Wahl. Ich habe mich entschieden."

Said nickte. Louis schien zwar die italienischen Kämpfer mit seinem Blick töten zu wollen, gab aber nach.

„Was war in Rom los?", fragte Louis. „Woher wussten diese Kerle von unserem Versteck? Hast du …?"

„Meinst du das ernst, Bruder? Glaubst du das wirklich?" Louis sah Julien direkt in die Augen.

„Man wird wohl fragen dürfen."

Juliens Faust traf Louis hart auf den Kiefer, und es brauchte Said, ihn von seinem Freund wegzuzerren, denn der war keuchend zu Boden gegangen.

„Hört auf!", verlangte Said und stellte sich zwischen die beiden. „Unser aller Nerven liegen blank, und wir können nicht klar denken. Uns gegenseitig zu beschuldigen, bringt uns kein Stück weiter."

„Wie könnt ihr glauben, ich hätte euch verraten?"

„Das denkt niemand, Juls!", beschwichtigte Said und warf dabei Louis einen drohenden Blick zu.

„Diese Mission ist *meine* Mission! Die *Wahrheit* ist alles, wofür ich lebe – wofür wir leben! Louis, Bruder – bei allem, was wir durchgestanden haben – ich schwöre dir, unter uns gibt es keinen Verrat."

Louis rieb sich das schmerzende Kinn und sah Julien lange an. Dann reichte er seinem Anführer die Hand und schüttelte den Kopf.

„Verzeih mir. Die letzten Tage waren …"

„Du musst nichts sagen. Ich verstehe. Sagt mir lieber, was ihr aus Chloé herausbekommen habt."

Sein Blick streifte Fay, und er sah ihren Kummer. Schließlich wusste er, wie sehr sie um Chloé besorgt war. Er wollte ihr den traurigen Zug von den Lippen küssen und ihr versichern, dass alles gut werden würde – nur glaubte er selbst nicht daran. Es stand zu viel auf dem Spiel.

„Nichts. Sie schweigt. Aber ich habe sie aus dem Bunker kommen sehen – kurz, bevor die Steine verschwunden waren", erklärte Louis. „Dort habe ich sie mir gegriffen."

„Wenn sie unser Versteck nicht verlassen hat, dann müssten die Steine aber noch irgendwo in den Trümmern sein. Wo sollte sie die Rubine sonst hingeschafft haben?", überlegte Julien und blickte in die Richtung, in der noch vor wenigen Tagen das Kloster ihnen allen Schutz geboten hatte.

„Durchsucht alles. Nehmt Cecil mit – er kennt die Tunnel wie niemand sonst, und sein Wahnsinn hat schon oft neue Blickwinkel eröffnet. Braucht ihr Unterstützung von *denen*?", fragte Julien und deutete auf die Vans.

„Besser nicht. Ich würde Marzias Männer lieber von der *Wahrheit* entfernt wissen", gab Said zu bedenken.

„Gut. Dann sollen sie hier Posten beziehen, bis wir mehr wissen. Chloé bleibt so lange weiter auf dem Boot – nicht, dass wir sie noch verlieren."

Louis' vorwurfsvoller Blick wanderte zu Fay. Es war offensichtlich, dass er ihr nicht traute und ihm Juliens Verhältnis mit ihr ein Dorn im Auge war. Da Julien keine Anstalten machte, sich ihnen anzuschließen, drehte Louis sich um und verschwand in der kleinen Fischerhütte, die ihnen als Notfallversteck diente, um seine Befehle auszuführen.

Fay hielt den Atem an. Die Hüter gingen davon, und nur sie und Julien blieben auf dem schmalen, grasüberwachsenen Weg, der zur Hütte führte, zurück. Sie versuchte, sich vorzustellen, die Männer in den schwarzen Vans würden nicht sie, sondern nur das in der Sonne funkelnde Meer sehen.

Julien schwieg, und Fay glaubte, Unsicherheit in seinen gletschergrauen Augen zu erkennen. Sie streckte die Hand nach ihm aus.

„Ich dachte, du bist tot", flüsterte sie nur, und die Worte kamen ihr schwer über die bebenden Lippen. Die angestauten Gefühle der letzten Tage, die Angst, die Ungewissheit und die Verzweiflung drohten nun, in diesem Moment der Schwäche, über ihr zusammenzubrechen. Sie hatte sich ganz bewusst in den letzten Tagen jeden Gedanken an ihn verboten, hatte sich nicht erlaubt, ihre Ängste nach außen zu tragen, weil sie gedacht hatte, damit jede Hoffnung zu verlieren. Doch nun, wo alles gut war und er vor ihr stand, brachen diese Gefühle aus ihr heraus und überrollten sie.

Juliens Blick ging hinüber zur Hütte, ehe er kurz seine

Arme um sie schloss.

„Ich bin hier", murmelte er in ihr Haar, und sein warmer Atem strich über ihren Hals. „Alles ist gut, Fay. Ich bin ja hier. Du musst …"

Er trat zurück, als Cruz mit Chloé aus der Hütte kam, und sofort fühlte sie sich einsam und verlassen. Sie wollte sich an ihn drängen, aber sein geschäftiger Blick hielt sie davon ab.

„Komm", murmelte er und folgte Cruz auf das Boot.

Fay sah ihm nach und setzte langsam einen Fuß vor den anderen, ihm hinterher. Sie hoffte, er würde das feuchte Funkeln in ihren Augen nicht sehen.

Als sie an Bord kam, stand Cruz bei Julien. Sie redeten leise miteinander, also blieb Fay an der Reling stehen, um die beiden nicht zu stören. Cruz drückte Julien den Schlüssel zur Kabine in die Hand. Er hatte Chloé also wieder dort eingeschlossen.

Fay ließ sich mit dem Rücken an der Bordwand hinabgleiten und lehnte die Stirn gegen ihre Knie. Wenn sie doch nur wüsste, was in ihrer Schwester vorging. Wenn sie ihr doch nur irgendwie helfen könnte.

Cruz hatte ihr erzählt, was zwischen ihnen vorgefallen war, und dass er glaubte, Chloé hätte sein Handy gestohlen, um dem Wanderer ihr Versteck zu verraten.

Das war doch verrückt. Fay wollte dies am liebsten nicht glauben, aber …

Cruz lächelte ihr zu, ehe er von Bord ging, und sie winkte ihm kurz nach, denn ihre ganze Aufmerksamkeit war nun auf Julien gerichtet. Der sah sie nicht an, als er den Motor startete und hinaus aufs offene Meer fuhr.

Seine Haltung war abweisend, ja verschlossen, und Fay wusste nicht, was los war. Sie wollte zu ihm, wagte es aber nicht, also blieb sie, wo sie war, und wartete auf ein Zeichen von ihm. Was dachte er? Glaubte er womöglich, sie stecke mit Chloé unter einer Decke?

Der Gedanke kam ihr so plötzlich, dass sie mit einem Mal Angst hatte, damit richtigzuliegen. Zögernd stand sie auf und begegnete Juliens Blick. Er drosselte die Geschwindigkeit und schaltete den Motor ab. Die Küste war kaum mehr auszumachen und nur die unendliche Weite des Meeres umgab sie. Ohne ihren Blick freizugeben, kam er näher, und mit einem Laut, der Fay an ein verwundetes Tier erinnerte, zog er sie an sich und senkte seine Lippen auf ihre. Sein Kuss war verzweifelt, und seine Hände hielten sie so fest, dass sie glaubte, er würde sie zerbrechen. Trotzdem drängte sie sich genauso verzweifelt an ihn und grub ihre Finger in sein Haar.

„Fay, oh, Himmel, ich hatte solche Angst um dich!", raunte er und küsste sie wieder. Sie spürte seinen Herzschlag und konnte es doch nicht glauben. Sie hatte mit eigenen Augen gesehen, wie er von einer Kugel genau in die Brust getroffen worden war. Dennoch hielt er sie nun in seinen Armen. Er hatte die Wahrheit gesagt. Immer?

Sie schob ihre Hände unter sein Shirt und ertastete die frische Wunde.

Auch als er Louis versichert hatte, dass er nur für die *Wahrheit* lebte?

„Ich war mir sicher, sie hätten dich getötet, Julien", erwiderte sie zwischen zwei Küssen. Er streichelte ihren Hals, küsste ihr die Tränen von der Wange, und sein Blick war so klar wie im Sonnenlicht funkelndes Eis.

„Das habe ich auch gedacht", gestand er mit tiefer Sehnsucht in der Stimme. „Und weißt du, was ich dachte, als alles schwarz wurde?" Er umfasste ihr Gesicht mit beiden Händen, küsste sie ganz zart. „Dass ich dich liebe, Fay. Dass ich nicht sterben wollte, denn ich wollte noch nicht aufhören, dich zu lieben."

Fay weinte, und ihre Tränen vermischten sich mit ihrem Kuss, als er sie mit sich auf das Deck zog.

„Ich liebe dich auch!", beteuerte sie, sank in seine Arme und zog ihn im Nacken noch näher an sich. Er umfasste ihre Taille, und sie spürte seine Wärme durch ihr Shirt. Seine Zunge fuhr über ihren Hals, und sie wölbte sich ihm entgegen. Sie ließ ihre Hände über seinen Rücken nach oben wandern. Sie genoss das Spiel seiner Muskeln, als er sich hochstemmte, damit sie es ihm über den Kopf ziehen konnte. Die Sonne zeichnete seinen starken Körper weich, ließ seine Haut glänzen und zauberte goldene Funken in sein Haar. Sein Lächeln ließ sie schwindelig werden, und ein glückliches Lachen drängte aus ihrer Brust.

Zärtlich strich sie über die noch frische Wunde über seinem Herzen und dankte Gott – oder wer immer für die Kraft des Elixiers zuständig war – dafür, diesen Mann gerettet zu haben.

Langsam streckte er sich neben ihr aus und zupfte am Saum ihres Oberteils. Fay kicherte, und er schob es einen Fingerbreit nach oben, um kleine Küsse auf ihren Bauch rieseln zu lassen. Mit einem verführerischen Grinsen leckte er sich die Lippen, schob ihr Shirt ein Stück höher und ließ seine Zunge jeden Zentimeter der neu entdeckten Haut kosten.

„Wenn du so weitermachst, kommst du nie ans Ziel", neckte sie ihn und biss sich auf die Lippe, um die köstlichen Gefühle, die er in ihr weckte, nicht in die Welt hinauszurufen.

Julien lehnte sich grinsend zurück. Das Meer spiegelte

sich in seinen Augen und verströmte den Eindruck von Unendlichkeit, als er sich aufsetzte und Fay auf seinen Schoß zog.

„Cruz hält uns heute den Rücken frei …", flüsterte er und wickelte sich eine von Fays roten Strähnen um den Finger. „… und ich will jeden Moment davon mit dir auskosten. Ich weiß nicht, wann wir das nächste Mal ungestört sein können."

Fay sah in sein schönes Gesicht und spürte seine großen Sorgen.

„Wenn du lieber bei deinen Männern wärst, ihnen helfen willst, dann …"

„Nein, das will ich nicht." Er umfasste ihre Taille und zog sie nah an sich heran. Sie spürte seine Männlichkeit an ihrer empfindlichen Mitte und schlang ihm die Arme um den Hals.

„Was willst du dann?", fragte sie und schloss die Augen. Das Spiel seiner Finger unter ihrem Top setzte ihre Haut in Flammen. Sie brauchte mehr davon.

„Dich."

Er schob seine Hände über ihren Rücken nach oben und zog ihr schließlich das Oberteil aus. Sanft umfasste er ihre Brüste, und die raue Haut seiner Hände fühlte sich köstlich an. Schauer der Erregung durchströmten Fay, als sein Daumen verführerisch über ihre rosigen Spitzen strich.

Verzückt klammerte sie sich an ihn, und ihr Mund suchte seinen. Seine Lippen öffneten sich ihr hungrig, und sie tauchte in seine Hitze ein. Das uralte Spiel ihrer Zungen erregte Fay ebenso sehr wie Juliens Berührungen. Sie liebte es, seine starken Hände um ihre Taille zu fühlen, genoss das Kribbeln an ihrer Wirbelsäule, als er sie noch näher an sich presste.

Fays Haut unter seinen Händen war reinste Seide, und ihr schlanker Körper passte sich seinem in jeder Bewegung an. Ihre Brüste, die sich weich und voll an ihn drückten, waren wie für ihn gemacht. Wieder und wieder neckte er ihre harten Knospen und nahm hungrig Fays Seufzen in sich auf. Seine Zunge erkundete ihren Mund wie sie seinen, und ihr süßer Geschmack war köstlicher als alles, was er je gekostet hatte. Ihr Haar kitzelte seine Brust, und es verlangte ihn, sie nackt und nur umgeben von dieser lodernden Flut glänzender Locken vor sich zu sehen. Ohne seinen Kuss zu unterbrechen, zog er sie mit sich auf die Beine.

Die Sonnenstrahlen vergoldeten ihre Haut, und er strich ihr das Haar auf den Rücken, um ihre volle Schönheit zu bewundern. Ihm wurde heiß, als sie den Knopf seiner Hose öffnete und ihm diese von den Hüften schob. Er umfasste ihren Po und zog sie an sich, damit sie spürte, was sie mit ihm machte. Er küsste ihren Hals, ließ seine Zunge ihre weiche Haut hinabwandern und umschloss ihre harten Knospen mit seinen Lippen. Er saugte die empfindliche Spitze tief in seinen Mund und umkreiste sie. Fays Hand in seinen Shorts brachte ihn fast um den Verstand, und so grub er sanft seine Zähne in ihr erhitztes Fleisch und genoss ihr kehliges Keuchen.

Die Sehnsucht zwischen Fays Beinen wurde immer drängender, und sie drückte sich gegen ihn, als er ihre Jeans öffnete. Sie musste ihn spüren, wollte mehr von ihm, und so wölbte sie sich ihm fiebrig entgegen. Von ihren Brüsten aus brannte sich das Verlangen durch ihren Körper und entzündete ein Feuer in jeder Faser ihres Seins, bis tief in ihren Schoß. Sie umschloss seine pulsierende Männlichkeit und ließ langsam ihre Finger über seinen Schaft wandern. Die Macht, die sie damit über diesen unglaublichen Mann hatte, ließ ihr Herz schneller schlagen, und es war, als verstärkte sein Verlangen ihr eigenes.

„Du bringst mich um", keuchte er und fasste in ihren Slip. Ihr Tau umfing ihn, als er ihre empfindliche Mitte berührte.

„Das ist unmöglich – das weißt du", flüsterte Fay und drängte sich seinen liebkosenden Fingern entgegen. Ihre Beine zitterten, als er anfing, sie zart zu streicheln.

„Mit dir ist nichts unmöglich."

Ungeduldig befreite er Fay aus den letzten Kleidungsstücken und hob sie auf die Reling. Er umfasste ihr Becken und kam zwischen ihre geöffneten Schenkel. Als er sich endlich in ihre heiße Mitte versenkte, musste er sich zurückhalten, seinem Verlangen nach ihr nicht sogleich nachzugeben.

Fay umschlang Julien mit ihren Beinen und hob sich ihm entgegen, um ihn tief in sich aufzunehmen.

DIE SPITZE DER BRUDERSCHAFT

LONDON, HEUTE

I n seinem Londoner Büro von T.H.O.T., dem größten Institut für biologische Forschung Europas, ging Trevor Hottner unruhig vor der großen Fensterfront auf und ab.

Den atemberaubenden Panoramablick auf die Themse, das Riesenrad und den Big Ben auf der anderen Flussseite nahm er schon lange nicht mehr wahr.

Er hatte gerade Ecklund, den Sicherheitchef seines IT-Bereichs, entlassen und überlegte nun, ob der Mann für ihn und sein Unternehmen wohl noch gefährlich werden konnte. Ein Mann, der mit den Sicherheitsvorkehrungen des Instituts bestens vertraut war, stellte ein Risiko dar.

Doch wesentlich alarmierter war er über den Grund für Ecklunds Entlassung: eine Nachricht, die ihn nicht über den Posteingang seiner Mailadresse erreicht hatte, sondern die auf direktem Weg in jedem einzelnen Ordner und jeder einzelnen Datei seines Rechners gelandet war. Selbst die nahezu unauffindbaren Nacktfotos seiner Sekretärin Linda waren wie mit einem Wasserzeichen der entsprechenden Nachricht überzogen. Wie hatte jemand unbemerkt so weit in das gut gesicherte System von T.H.O.T. vordringen können?

Hottner griff sich den Golfschläger, mit dem er zwischen den Meetings mit Geschäftspartnern gerne sein Putting verbesserte, und zerschlug in blinder Wut eine kostbare Büste aus Kristallglas, ein Geschenk des Premierministers. Die kurze Befriedigung, die ihm das Splittern des Kristalls verschaffte, verflog schnell, als ihm das Chaos in seinem Büro bewusst wurde.

Immer noch erzürnt, ging er zum Schreibtisch und drückte den Sprechknopf zu seinem Vorzimmer.

„Linda – mach hier sauber und sag Sinclair, ich will ihn sofort im Konferenzzimmer zwei sehen! Sofort!"

Mit wenig Sorgfalt fuhr er sich durch das rotblonde Haar, griff sich seine Krawatte vom Schreibtisch und legte sie sich um den Hals. Im Hinausgehen band er sie zu einem doppelten Knoten und strich sie sich über dem Bauchansatz glatt.

Als er die Tür zum Konferenzzimmer schwungvoll aufstieß, zuckte Sinclair sichtlich zusammen. Er konnte von Glück sagen, dass er Trevor Hottner heute nicht warten ließ.

Energisch schloss Trevors die Tür hinter sich und stemmte die mit goldenen Ringen geschmückten Hände auf die polierte Tischplatte.

„Sie wollten mich sprechen, Sir?", fragte Sinclair geduckt, als fürchtete er die Aufmerksamkeit des Institutsleiters.

„Ich habe Sie beobachtet, Sinclair!", donnerte Hottner los, und der Angesprochene sackte weiter in sich zusammen. „Sie rackern sich seit Jahren ab – und kommen nicht weiter. Weder innerhalb des Instituts noch in der Bruderschaft. Sie treten auf der Stelle! Ich sehe Ihren Ehrgeiz, aber Typen wie Sie … haben wir hier etliche."

Sinclair war blass geworden. Sein Mund stand einen

kleinen Spalt offen, als wollte er etwas erwidern, wagte es aber dann doch nicht.

„Aber Sie haben Glück, Sinclair! Glück!"

Hottner legte dem feingliedrigen Mann seine breite Pranke auf die Schulter und drückte kräftig zu, was den Angestellten schnaufend zusammenzucken ließ.

„Ich habe Verwendung für Sie. Sehen Sie es als Ihre große Chance, einen Posten zu bekleiden, der Sie aus der Masse meiner Mitarbeiter heraushebt und Sie die Karriereleiter hinaufbefördern wird. Nein – sehen Sie es als Chance, die Sie und mich reich machen wird. Reich und mächtig. Was sagen Sie, Sinclair? Sind Sie mein Mann?"

Sinclair, der aussah, als hätte ihn gerade ein roter Doppeldeckerbus überrollt, nickte ergeben und stammelte etwas davon, dass es ihm eine Ehre sei, was Hottner aber schon nicht mehr interessierte. Natürlich hatte Sinclair Interesse!

„Die Bruderschaft, Sir?", fragte Sinclair irritiert und wischte sich den Schweiß aus seinem dürftigen Oberlippenbärtchen.

Die Haare, die ihm am Kopf fehlten, wollte er offensichtlich im Gesicht zur Schau tragen, aber auch da überzeugten die wenigen Borsten nicht wirklich, dachte Hottner verächtlich.

Nun zog sich Hottner einen Stuhl heraus und setzte sich dem Mann gegenüber. Mit versteinerter Miene weihte er seinen Mitarbeiter ein.

„Ich habe eine Nachricht erhalten …" Auf welch beunruhigendem Weg das geschehen war, musste Sinclair nicht wissen. „… es ist eine unfassbare Nachricht, die unsere Forschung nach vielen Jahren endlich dem eigentlichen Ziel nahe bringt. Seit wir von Hermes

Trismegistos' Erkenntnissen um die *Kraft der Kräfte* wissen, hat die Bruderschaft nur ein Ziel: sich diese Kraft anzueignen."

Er senkte seine Stimme und beugte sich näher zu Sinclair hinüber. „Nach Jahrtausenden sind wir nun endlich im Besitz der *Kraft der Kräfte* – oder der *Wahrheit*, je nachdem, wie wir das Elixier nennen wollen."

Hottner musste Sinclair nicht erklären, dass die Suche nach dem Elixier auf den Ahnherr aller Alchemie und Wissenschaft zurückzuführen war: Hermes Trismegistos oder der „Dreimalgroße", wie er auch genannt wurde. Er, der schon lange vor Jesus von Nazareth im Besitz des Elixiers gewesen war, hatte versucht, dieses zu erforschen, und hatte mit seinen Lehren auf der geheimnisvollen Smaragdtafel mehr als nur die *Bruderschaft des wahren Glaubens* auf das Elixier aufmerksam gemacht. Magier, Alchemisten und Wissenschaftler beschäftigten sich immer wieder mit den Lehren des Hermes.

Sinclair bekam große Augen.

„Wir … sind im Besitz … der *Wahrheit*?", stammelte er ungläubig. „Das Labor hat mich gar nicht unterrichtet. Ich … soweit ich weiß, stagnierten die Untersuchungen, darum ist es mir … unverständlich, wie die Extraktion so plötzlich erfolgreich verlaufen sein soll … sind Sie sicher, Sir, dass …"

„Seien Sie still, Sinclair!", donnerte Hottner. „Ich sagte – wir sind im Besitz der *Wahrheit* – nicht, dass es uns gelungen ist, ihre biochemische Zusammensetzung nachzuahmen."

„Du meine Güte", flüsterte Sinclair, als er das Ausmaß dessen erahnte, was der Institutsleiter ihm da mitteilte. Seit beinahe dreißig Jahren arbeitete ein von ihm geleitetes Team von Wissenschaftlern an der Reproduktion eines Stoffes, den sie in einer Probe gefunden hatten, welche die katholische Kirche bei ihnen untersuchen ließ.

Es war ein Projekt mit größtmöglicher Geheimhaltung. Dabei war es Sinclair wie ein Zeichen erschienen, dass die Kirche ausgerechnet das T.H.O.T. Institut mit diesem Auftrag betraut hatte, denn das Institut war das Herz der *Bruderschaft des wahren Glaubens*. Und wie bei Hermes vor Jahrtausenden hatte ihr ganzes Bestreben darin gelegen, die Kraft des Elixiers zu erforschen.

„Und was nun?", fragte Sinclair, der nicht recht wusste, wie er diese Neuigkeit verdauen sollte.

Zum ersten Mal, seit Hottner den Raum betreten hatte, wirkte auch er etwas unsicher. Er fuhr sich durchs Haar und trommelte dann mit den Fingerspitzen auf der Tischplatte.

„Nun – Sinclair, müssen wir entscheiden, in was für einer Welt wir in Zukunft leben möchten." Er hatte seine Stimme gesenkt und sich zu dem Laborleiter hinübergebeugt. „Nur Sie – und ich wissen von dieser Sensation, und …„ er rieb sich die Hände, „… und das sollten wir vorerst auch so belassen."

Sinclair runzelte die Stirn. Das Ziel der Bruderschaft war es, der Welt einen Beweis für die Wahrheit zu liefern, um die Menschen von der Lüge des Glaubens zu befreien. Sie mussten ihr Wissen mit der Öffentlichkeit teilen!

Hottner sah Sinclairs Zweifel.

„Natürlich nicht für lange, aber doch zumindest so lange, bis es uns im Labor gelungen ist, die Kraft des Elixiers zu untersuchen. Wenn wir jetzt an die Öffentlichkeit gehen – kommt die Regierung und nimmt es uns weg." Sein Blick beschwor Sinclair, ihm zu vertrauen. „Denken Sie doch nur, was sich uns für Chancen bieten, wenn wir daraus eine Art … Medikament herstellen könnten. Ihr Fachwissen und meine unternehmerische Weitsicht eröffnen uns ungeahnte Möglichkeiten."

Sinclair zögerte, aber der zunehmende Glanz in seinen Augen zeigte Hottner, dass er dessen Ehrgeiz richtig eingeschätzt hatte.

„Aber die Bruderschaft ...", sinnierte Sinclair.

„Die Ziele der Bruderschaft sind auch die unseren! Wir werden der Welt die *Wahrheit* bringen, aber überlegen Sie selbst ... Was ist die logische Konsequenz daraus? Die Menschen werden danach schreien, diese Kraft für sich nutzen zu können. Natürlich können wir nicht die gesamte Weltbevölkerung unsterblich machen, aber ... falls es uns gelingt, die Kraft des Elixiers zu ergründen und zu reproduzieren ..." Hottner ließ seine Worte wirken. „Wir könnten ausgewählten Persönlichkeiten etwas bieten, wofür sie sicher bereit wären, jede Summe zu bezahlen, die wir verlangen."

Sinclair nickte.

„Und denken Sie an die mögliche medizinische Einsetzbarkeit eines Medikaments, das vielleicht – in homöopathischen Dosen verabreicht – jede Krankheit heilen könnte. Sind wir der Menschheit nicht schuldig, so lange weiterzumachen, bis wir damit Erfolg haben?"

Hottner sah es in Sinclairs Kopf arbeiten, und immer deutlicher stand ihm die Gier ins Gesicht geschrieben. Natürlich. Sinclair war nicht dumm.

„Ich bin mir nicht sicher, Sir, dass wir damit im Interesse der Bruderschaft handeln", gab der noch einmal zu bedenken, aber Hottner winkte ab.

„Mein Lieber, ich bin das Oberhaupt der Bruderschaft. Ich habe Geldmittel unvorstellbarer Größe für dieses Unternehmen aufgebracht – ich bin es, der die Ziele definiert. Und jetzt noch einmal meine Frage: Sind Sie mein Mann, Sinclair – oder muss ich mir einen anderen suchen?"

Wenn sein Laborleiter auch nur einen Funken Verstand besaß, würde er wissen, dass er keine Wahl hatte. Denn mit allem, was er nun wusste, würde er ihn hier nicht einfach hinausspazieren lassen.

„Sicher, Sir. Ich sehe das … genau wie Sie. Wie gehen wir vor?"

Hottner lehnte sich in seinem Stuhl zurück und strich sich über den Bauch. Er brauchte einen Beweis für Sinclairs Zuverlässigkeit.

„Ich treffe heute Abend die Frau, die das Elixier hat. Aber wir haben eine Sicherheitslücke. Ecklund. Es ist möglich, dass er zu viel weiß. Es ist bedauerlich, aber wir werden tun, was getan werden muss – Sie verstehen mich, Sinclair?"

Der plötzlich blass gewordene Laborleiter wischte sich über den dünnen Bart und nickte heftig. Heftiger als nötig, und Hottner war klar, dass dies ein kritischer Moment war.

„Ich verstehe, Sir. Ich verstehe." Sinclair sah seinen Vorgesetzten an und schluckte. „Was soll ich tun, Sir?"

Auf den Fersen

———————◆———————

Matteo klappte das Visier seines Helms nach oben und spähte um die Hausecke. Er war Jade bis nach London gefolgt. Obwohl er mehrere Male die Gelegenheit gesehen hatte, sie zu stellen, hatte er es sein lassen. Er war ihr bis hierher gefolgt, weil er vermutete, dass die Pariser Schlampe nur ein kleines Rädchen der Organisation war, die hinter dem Diebstahl der *Wahrheit* steckte. Er konnte sich täuschen, aber das glaubte er nicht.

Obwohl ihn der fehlende Alkohol unruhig und zittrig machte, war ihm bewusst, dass seine Gedanken klarer funktionierten, seit er ausgenüchtert war. Und darum glaubte er auch, dass es mehr Sinn machte, Jade unauffällig zu folgen, als es schlicht darauf ankommen zu lassen, die Rubine zurückzubekommen. Dafür würde ihm noch genug Gelegenheit bleiben. Er musste herausfinden, wer den Hütern so nahe gekommen war.

Der Hotelportier hielt die Tür auf, und Matteo zog sich noch ein Stück weiter in den Schatten der Hauswand zurück. Jade betrat den roten Teppich auf den Stufen des Hoteleingangs und wirkte dabei wie ein Schmutzfleck auf einer reinen Bluse. Der ausgebeulte Lederrucksack, das schlabbrige Shirt, die Piercings und die blondierten Haare, deren dunkle Ansätze Jade ungepflegt erscheinen ließen, passten so gar nicht zu dem noblen Hotel, in dem sie offensichtlich abgestiegen war. Hier verkehrten nur Gäste mit dickem Geldbeutel. Dass Jade sich ausgerechnet hier einquartierte, bestätigte Matteos Verdacht, dass sie etwas in ihrem Besitz hatte, das von großem Wert war – nicht nur für sie.

Sie sah etwas unsicher aus, als sie den vorbeifahrenden Autos nachsah. Der Portier, der den ungewöhnlich aussehenden Gast wohl schnell von seiner Schwelle haben wollte, trat an ihre Seite und sprach sie an. Matteo konnte sich direkt vorstellen, wie er ihr seine Hilfe anbot, damit sie nur endlich den Eingangsbereich verließ.

Jade schüttelte auf die Bemerkung des Hotelangestellten den Kopf und deutete auf die Fahrbahn. Einen Augenblick später fuhr ein dunkler Wagen vor, dessen getönte Scheiben keine Sicht in den Innenraum zuließen.

Mit einem letzten Blick über die Schulter stieg sie in das Auto, das sich sogleich in den Londoner Feierabendverkehr einfädelte.

Matteo klappte sein Visier zu und startete seine Maschine. Mit genügend Distanz folgte er der Limousine.

———————◆————

Jade lief der Schweiß kalt den Rücken hinab, als sie sich in den dunklen Fahrgastraum gleiten ließ. Der rothaarige Mann ihr gegenüber lächelte freundlich, aber Jade konnte sich nicht vorstellen, dass er erfreut über ihre Nachricht gewesen war – auch wenn sie … und nur sie, im Besitz dessen war, wonach er und die Bruderschaft seit Ewigkeiten suchten.

Mit einem dumpfen Laut schlug die Tür hinter ihr zu,

und das Fahrzeug setzte sich in Bewegung. Eine getönte Scheibe trennte den Fahrer von den Passagieren.

„Schön, dass Sie meiner Einladung gefolgt sind, Mister Hottner." Jade war mit sich zufrieden. Sie hatte sich immerhin in jede von Hottners Dateien gehackt. Sie kannte diesen Mann und seine schmutzigen Geheimnisse vermutlich besser als er selbst.

Hottners Augen wurden schmal.

„Sie haben Nerven!", donnerte er los. „Was glauben Sie, was Sie hier treiben?"

Ein Speicheltröpfchen traf Jade an der Wange, aber sie tat so, als spürte sie das nicht. Jetzt keine Schwäche zeigen, sagte sie sich.

„Ich errege Ihre Aufmerksamkeit", gab sie trocken zurück, ohne vor seinem stechenden Blick zurückzuweichen.

„Aufmerksamkeit? Sie wecken meinen Zorn, das ist alles!"

„Ich sitze in Ihrem Wagen, Mister Hottner. Ich habe Ihre Aufmerksamkeit."

„Sie haben ein Problem, Lady! Und nur, weil Sie angedeutet haben, Sie wären im Besitz der *Wahrheit* – sind Sie noch am Leben. Denn, wer mir droht, … lebt ungesund."

Jade lachte verächtlich und drehte ihr Piercing zwischen den Zähnen.

„Männersprüche! Ihr klopft immer solche Sprüche und glaubt, damit zu beeindrucken. Aber in den Nächten lasst ihr euch dann von billigen Weibern ans Bett fesseln."

Hottner wurde blass. Er wusste genau, dass sie von den Fotos auf seinem Rechner sprach.

„Schön!", presste er wütend zwischen den Zähnen

hervor. „Nehmen wir an … Sie hätten meine Aufmerksamkeit – was dann?"

Jade konnte sich ein triumphierendes Grinsen nicht verkneifen.

„Dann könnten wir darüber sprechen, dass es Zeit ist, der Welt die Augen zu öffnen. Ich habe die *Wahrheit* – und ich will die Zeit der Lügen beenden. Soll die Gesellschaft doch zusammenbrechen, wenn sie ihr Fundament auf den Lügen der Kirche und eines Glaubens gebaut hat, die nicht mehr sind als ein fantastischer Betrug!"

„Darüber könnten wir sicher sprechen, aber abgesehen davon, dass Sie sich Zugang zu unserem Sicherheitssystem verschafft haben, gibt es für Ihre Geschichte keine Beweise. Warum sollte ich Sie ernst nehmen?"

„Mister Hottner. Unser Gespräch verläuft in die falsche Richtung. Ich bin nicht hier, um mich zu erklären – aber auch nicht, um Ihnen Ärger zu bereiten. Sie sind die Spitze der *Bruderschaft des wahren Glaubens* – und ich bringe Ihnen die *Wahrheit*. Alles, was ich will, ist Anerkennung dafür. Wir werden die Welt verändern, genau, wie es die Bruderschaft seit Jahrhunderten will! Und ich will teilhaben an dieser Veränderung. Ich will profitieren – ich bin sicher, ein Mann Ihres Formats versteht das."

Hottner lehnte sich etwas in seinem Sitz zurück. Er sah aus dem Fenster. Die Themse zu ihrer Rechten wirkte durch die getönten Scheiben schwarz wie Öl. Er strich sich die Krawatte glatt und lächelte.

„Ich verstehe. Das sollte sich verwirklichen lassen … aber nicht ohne Beweise. Sie werden mir die Steine überlassen – ehe sich die Hüter des Elixiers ihren Schatz zurückholen, das ist Ihnen doch klar? Ich werde mich auf nichts einlassen, solange ich die Rubine nicht gesehen habe."

Jade nickte.

„Das ist mir klar. Und ich will auch im Interesse der Bruderschaft handeln. Die *Wahrheit* muss sicher verwahrt werden. Sind wir uns da einig?"

Hottner musterte Jade, und sie fröstelte unter seinem abschätzigen Blick.

„Richtig – wir müssen das Elixier in Sicherheit bringen – im Interesse der Bruderschaft. Wo ist es?"

Jade zögerte, aber ihr blieb keine Wahl. Sie wusste, sie ging jetzt ein gewaltiges Risiko ein, aber sie konnte nicht einfach den größten Schatz der Menschheit in einem Hotelsafe verstecken. Darum hatte sie sich direkt an Hottner gewandt. Er war der Einzige, dem sie zutraute, das Richtige zu tun. Er war ihr Mentor, der Mann, der die Mission der Bruderschaft leitete und finanzierte, auch wenn ihr Zusammentreffen unter keinem guten Stern stand. Sie hatte nicht vorgehabt, sich in das Sicherheitssystem des Instituts zu hacken, aber sie hatte keine andere Möglichkeit gesehen, Hottner dazu zu bewegen, sie auch wirklich persönlich zu treffen. Der Mann ließ sich besser abschirmen als der amerikanische Präsident. Und wenn er erst sah, dass sie nicht gegen ihn spielte, sondern ihm alle Trümpfe in die Hand gab, würde er ihr vor Dankbarkeit um den Hals fallen.

Sie nahm ihren Rucksack aus dem Fußraum, und Hottner erstarrte, als sie den Reißverschluss öffnete. Nun lächelte auch Jade. Sie hatte es geschafft, diesen Mann sprachlos zu machen.

Mit größter Sorgfalt nahm sie einen der roten Edelsteine heraus. Hottner pfiff durch die Zähne und nahm ihr den Rubin aus der Hand.

„Unfassbar!", murmelte er und bewunderte den Schliff des Steins, der die wertvolle Flüssigkeit im Inneren vollkommen verbarg. Selbst der Verschluss war kaum auszumachen. Man konnte diesen Schatz in Händen halten, ohne zu ahnen, welche Kraft er barg.

„Es sind drei", erklärte Jade mit einem zufriedenen Grinsen im Gesicht.

Hottner sah auf.

„Und Sie haben alle drei hier?"

Jade nickte stolz und reichte Hottner ihren Rucksack. Der warf einen Blick hinein und legte vorsichtig den Rubin wieder zu den anderen.

„Ich muss sagen – ich bin beeindruckt. Die *Bruderschaft des wahren Glaubens* verdankt Ihnen viel. *Ich* verdanke Ihnen viel", lobte er sie und lockerte seine Krawatte.

„Wer weiß noch von den Steinen?"

Jade sah aus dem Fenster. Wo fuhren sie eigentlich hin? Sie schienen auf einem Gelände nahe den Docks zu sein, denn ein großes Frachtschiff lag nicht weit vor ihnen im Wasser.

„Niemand", antwortete sie wie nebenbei und klackerte mit ihrem Piercing.

„Das ist gut. Da nun alles Wichtige zwischen uns geklärt ist, müssten Sie noch eine Sache für die Bruderschaft tun."

Der Wagen rollte nun nur noch ganz langsam durch die haushoch gestapelten Container. Das gefiel Jade nicht.

„Was?", fragte sie, ohne den Blick von den rostigen Metalltürmen zu nehmen, die immer näher zu rücken schienen.

„Möglichst leise sterben."

Matteo fluchte, als er sah, wie der schwarze Wagen auf den Verladeplatz für Containerschiffe abbog. Ein hoher Industriezaum verlief um das Gelände herum, und es gab nur eine einzige Zufahrt. Die hohen Flutlichter ließen die Container in ihrem gelben Licht glühen und verwandelten die Wege dazwischen in ein wahres Schattenreich.

Das Motorrad schnurrte unter ihm, aber er zögerte. Von seinem Standort hinter einer vielfach beklebten Litfaßsäule hatte er eine gute Sicht auf den Verladeplatz und den Hafen. Doch zwischen den Hunderten von Containern würde er der Limousine nicht unbemerkt folgen können. Als er noch überlegte, was er nun tun sollte, sah er die Lichtkegel der Scheinwerfer über die schmierige Wasseroberfläche tanzen. Der Wagen rollte nahe an die Hafenkante, und für einen kurzen Moment flammte Licht auf.

Matteo stieg ab und trat an den Zaun.

Eine Autotür war geöffnet worden. Sekunden später erlosch das Licht, und ein dumpfes Platschen verursachte Wellen auf dem schmutzigen Hafenbrackwasser.

„Verdammte Scheiße!", fluchte Matteo und tat einen Schritt zurück. „Diese dämliche Hure!"

Sein Herz hämmerte unkontrolliert, als ihm klar wurde, was dort unten gerade geschehen sein musste. Der Wagen näherte sich wieder der Straße, und Matteo beeilte sich, auf seine Maschine aufzusteigen.

Was nun? Alles in ihm drängte danach, hinunter zum Hafenbecken zu preschen und nachzusehen, ob er recht damit hatte, dass diese dumme Kuh sich auf ein Geschäft eingelassen hatte, das sie nun mit dem Leben bezahlt hatte.

Das Auto bog vor ihm auf die Straße und fädelte sich wieder in den Strom von Pendlern ein, die allabendlich

Londons Straßen verstopften. Matteo warf einen letzten Blick auf die nun stille Oberfläche der Themse. Mit einem weiteren Fluch heftete er sich an die Limousine.

Das elegante weiße Firmenlogo des T.H.O.T. Instituts hob sich leuchtend vom Schwarz des Nachthimmels ab, und Matteo sah den roten Rücklichtern des Wagens nach, als diese hinter den hohen Mauern verschwanden. Hinter den oberen Fensterreihen brannte teilweise noch Licht, und ein Kühlturm im östlichen Teil des Geländes ließ ein leises Wummern hören, als die Kompressoren ansprangen.

Matteo drehte den Gashebel auf und preschte davon. Was er sah, gefiel ihm nicht. Er war sich nicht sicher, warum ihm die Härchen in seinem Nacken kribbelten, als warnten sie ihn vor drohender Gefahr. Aber in all den Jahrhunderten hatte er gelernt, auf dieses Gefühl zu vertrauen. Dieses Institut war mehr, als nur ein gesichertes Gebäude, in dem nun die mächtigste Kraft der Welt verschwunden war.

Wenn er bisher noch Zweifel verspürt hätte, was Jades Beteiligung am Verschwinden der Wahrheit anging, so hätten sich diese nun zerstreut. Es war bestimmt kein Zufall, dass der Weg der *Wahrheit* ausgerechnet hinter diesen hohen Zäunen endete.

Alessas Blut

Lamar schreckte aus dem Schlaf, als sein Handy klingelte. Er rieb sich die Augen und tastete nach dem Mobilteil.

Die Deckenbeleuchtung in Marzias großzügigem Wohnzimmer tauchte den Raum in Sepia.

Er nahm das Gespräch an, und, noch während er Matteos aufgeregtem Bericht lauschte, folgte sein Blick der Bewegung an der Treppe.

Das durchscheinende Negligé umfloss Marzias schlanke Silhouette, und ihr Oliventeint schimmerte im schwachen Licht wie flüssiges Gold. Das pechschwarze Haar umrahmte ihr Gesicht mit dem ängstlichen Ausdruck in den Augen.

Schweigend hörte Lamar seinem Bruder zu, und seine Gedanken rasten, als er zu verstehen versuchte, was das zu bedeuten haben mochte.

„Danke für den Anruf, Matteo. Ich gebe es an Juls weiter und … verdammt, ich habe keine Ahnung, was dann zu tun ist. Bleib in London – ich melde mich wieder. Behalte das Institut im Auge."

Er ließ den Arm sinken, und das Geräusch seines Handys auf der Glasplatte des Tisches klang irgendwie endgültig.

„Was ist los?", fragte Marzia und kam näher. Ihre langen Beine schienen durch den sie umschmeichelnden Stoff des Negligés noch länger, und Lamar kam nicht umhin, die Sinnlichkeit dieser Frau zu bewundern. Sie setzte sich neben ihn, schlug ihre Beine übereinander und sah ihn mit ihren großen Augen an, sodass er plötzlich Mühe hatte, sich an das wichtige Telefonat zu erinnern.

„Lamar?", wiederholte sie, als dieser sie nur schweigend ansah. Ihre Hand auf seinem Oberschenkel riss ihn aus seinen unpassenden Gedanken.

„Das war Matteo. Er ist in London", setzte er zu einer Erklärung an. „Wenn ich ihn richtig verstanden habe, dann hat er in Paris mit einer Frau geschlafen, von der er nun denkt, dass sie hinter dem Raub der Rubine in Irland steckt – frag mich nicht, wie das zusammenhängt. Jedenfalls ist er dieser Frau nach London gefolgt – bis zu einer Firma namens T.H.O.T." Lamar rieb sich über den rasierten Teil seines Kopfes und versuchte, Sinn in das eben Gehörte zu bringen. „Ich muss sofort Juls informieren, denn er sucht die Steine noch immer in Irland. Und dann …" Er stand auf und stemmte seine Hände in die Hüften. „Dann sollten wir schnellstens herausfinden, wer oder was T.H.O.T. ist."

„Lamar, ich …" Marzia fasste ihn am Arm. „Ich kenne diese Firma. T.H.O.T gehört Trevor Hottner. Es ist ein Institut für biologisch-genetische Forschung. Viele neue Medikamente wurden dort entwickelt." Sie schlug unsicher die Augen nieder.

Lamar wusste, dass mehr dahintersteckte, wenn diese Frau Schwäche zeigte. Er trat zu ihr und hob ihren Kopf, sodass sie seinem eindringlichen Blick nicht entkommen konnte.

„Ist das alles, Marzia? Oder sollte ich noch mehr wissen?"

Sie benetzte sich die Lippen.

„Ich … hör zu, Lamar, … ich will dir ja alles sagen, aber du solltest bedenken, dass ihr – und ich … Gegner waren."

„Sprich! Warum ist dieses Institut hinter der *Wahrheit* her? Woher wissen sie überhaupt davon?"

„Das weiß ich nicht. Ich kann dir nur sagen, was ich – oder vielmehr die katholische Kirche mit dem Institut zu schaffen hat."

Lamar ließ ihr Kinn los, aber sie blieb dicht bei ihm stehen. Der Duft ihres Shampoos stieg ihm in die Nase, und er war sich ihrer verführerischen Nähe viel zu bewusst.

„Ich konnte nicht wissen, ob mir das Bündnis mit euch Hütern dauerhafte Sicherheit bringen würde. Ich hatte immer die Befürchtung, dass ihr mehr für euer Schweigen fordern könntet, als ich euch zu geben bereit war." Sie sah ihn herausfordernd an. „Wie du weißt, habt ihr es mich einiges kosten lassen, dass ihr die *Wahrheit* gehütet habt."

Darauf konnte er schlecht etwas erwidern. Die Hüter hatten von Marzia in den letzten Jahrhunderten ein Vermögen genommen, um ihr den Schutz des Elixiers zu garantieren. Sie konnte es für Erpressung halten, aber schließlich mussten sie ihre Sicherheitsanlage finanzieren und natürlich ihre Mission – alle Rubine zu finden und in ihren Besitz zu bringen. Dennoch gab es Schlimmeres – und Marzia wusste es.

Er ließ seine Hand in ihren Nacken gleiten, spürte die schwere Flut ihres Haares auf seiner Haut, als er sie nah an sich zog.

„Uns hast du mit Gold bezahlt – aber den Wanderer … sag mir, Marzia, was war es wert, ihn auf diese Art zu bezahlen?"

Er spürte ihr Schaudern, den sein Atem auf ihrer Haut verursachte, und fühlte kurz einen Stich von Eifersucht auf den Wanderer, der sie bereits vor etlichen Jahrhunderten besessen hatte.

Marzia wollte einen Schritt zurücktreten, aber Lamar folgte ihr.

„Warum quälst du mich? Ich habe einen Fehler gemacht, daran muss ich nicht erinnert werden! Ein Blick in den Spiegel reicht, mir das jeden Tag aufs Neue deutlich zu machen." Sie reckte ihr Kinn kämpferisch nach vorne. „Aber im Gegensatz zu euch – bin ich allein! Ich bin absolut allein, Lamar. Es gibt niemanden, dem ich vertrauen kann, niemanden, der mich versteht oder meine Ängste teilt. Wer würde da keine Fehler machen?"

Lamar schwieg. Sie wirkte verletzlich und verbittert zugleich, und er konnte sich gut vorstellen, wie sie sich fühlen musste.

„Ich vertraue niemandem – also brauchte ich eine Absicherung. Ich wollte herausfinden, was die *Wahrheit* ist – oder wie sie wirkt. Und als die Technik im Laufe der Jahre immer weitere Fortschritte machte, kam mir die Idee mit Alessa."

Marzia strich sich die Haare auf den Rücken und lächelte Lamar schwach an.

„Ich weiß, ihr werdet mir nie verzeihen, Gabriel so getäuscht und missbraucht zu haben, aber die Chance auf ein Kind, das die Gabe des Sehens in sich tragen würde und den genetischen Code der Unsterblichkeit ... ich musste es tun – das wirst du zugeben müssen."

Lamar schnaubte verächtlich.

„Du hast die Frau, die Gabriel liebte, getötet und ihm

seine Tochter gestohlen! Niemals wirst du dafür unsere Vergebung erfahren!", knurrte er wütend, denn die Nachricht von Alessas Tod hatte ihn tief getroffen.

„Das ist mir klar, Lamar! Denkst du, ich bin naiv? Wir mögen jetzt zusammenarbeiten – aber es hat sich dennoch nichts geändert! Ich bin immer noch allein – und vertraue niemandem!"

„Trotzdem wirst du mir jetzt sagen, was du über T.H.O.T weißt", verlangte er schroff.

„Ich habe Alessa in den Jahren, die sie in unserer Obhut verbracht hat, immer wieder Blutproben entnehmen lassen. Ich wollte das Geheimnis des Elixiers lösen. Diese Proben untersuchte das Institut in London."

„Verdammt, Weib!", fluchte Lamar und strich sich über den Bart. „Was hast du nur getan?"

„Nichts! Das Labor hat nie besondere Erfolge erzielt! Es war die reinste Zeit- und Geldverschwendung. Wäre es den Forschern gelungen, ein Gegenmittel für die *Wahrheit* zu finden, dann hätte ich jede Behauptung, das Elixier wäre der Grund für die Auferstehung von Jesus von Nazareth, für haltlos erklären können. Und vielleicht – so hatte ich gehofft – könnte man die *Wahrheit* damit sogar für immer zerstören."

Lamar ging auf und ab. Sein Blick auf die große Fensterfront ging ins Leere, und seine Stimme war dunkel, als er seine Gedanken mit Marzia teilte.

„Was, wenn Hottner die Besonderheit der Blutprobe, die er untersuchen sollte, nicht verborgen geblieben ist? Was, wenn er herausgefunden hat, womit er es zu tun hatte?"

„Falls – und ich will nicht glauben, dass es so ist – du recht hast, erklärt das noch immer nicht, wie er von den Rubinen und ihrem Inhalt, geschweige denn von eurem

Versteck erfahren haben sollte. Wo ist der Zusammenhang zwischen einer Französin, die mit Matteo im Bett war – und Hottner?"

Marzia ging in die offene Küche hinüber und goss ihnen einen Drink ein. Die Eiswürfel klirrten, als sie in den Alkohol tauchten, und sie leckte sich einen Tropfen vom Finger. Als sie aufsah, ruhte Lamars Blick auf ihr. Langsam ging sie zu ihm hinüber und reichte ihm ein Glas. Er nippte daran.

„Das werden wir herausfinden. Ich bringe Juls auf den aktuellen Stand der Dinge, während du jeden Bericht des Labors, jede Rechnung und jede Information, die du über deren Untersuchungen an Alessas Blut hast, herbringen lässt."

Lamar klappte sein Handy auf und wählte Juliens Nummer, während er beobachtete, wie Marzia tat, was er verlangt hatte.

Schließlich ließen sie beide ihre Handys sinken. Sie hatten getan, was sie tun konnten. Im Halbdunkel standen sie sich gegenüber, und Lamar leerte sein Glas. Den feuchten Ring, den es beim Abstellen auf dem Glastisch hinterließ, bemerkte er nicht, so gebannt war er von der Spannung, die plötzlich in der Luft lag.

Mit zwei langen Schritten war er bei ihr, und wie zuvor schob er seine Hand in ihren Nacken.

„Das alles ist nur passiert, weil du kein Vertrauen zu uns hast", murmelte er. „Fang endlich an, uns zu vertrauen – denn du bist nicht allein. Auch wir Hüter wollen nicht, dass die Menschheit die Wahrheit erfährt – sie wäre nicht bereit, damit umzugehen."

In Marzias dunklen Augen spiegelte sich der Wunsch, ihm glauben zu können. Zärtlich streichelte Lamar ihren

Hals. Er fühlte den Anfang der Narbe, die des Wanderers Peitsche hinterlassen hatte.

„Und wenn die Welt irgendwann so weit ist, Lamar?"

Er schüttelte den Kopf.

„Das wird sie niemals sein. Wir leben seit tausend Jahren unter den Menschen – und mit jedem Jahr, das vergeht, glauben wir weniger daran, dass die Menschheit jemals so weit sein könnte, mit der Wahrheit umzugehen. Sie würden sich in ihrem Eifer, das Elixier zu nutzen, selbst zerstören."

Marzia schloss unter seiner sanften Liebkosung die Augen und schmiegte ihr Gesicht in seine Hand.

„Ich kann niemandem vertrauen", wisperte sie kaum hörbar und sah ihn unter gesenkten Lidern hervor an.

„Vertrau mir", bat Lamar heiser und zog sie an sich. Er umfasste ihre Taille und hob sie hoch. Ihr Kuss schmeckte nach dem Drink und berauschte ihn, wie es der Alkohol getan hatte. Marzia stieß die leeren Gläser vom Küchentresen, als Lamar sie daraufsetzte und ihr den dünnen Stoff des Negligés über die Schenkel schob.

WER IST HOTTNER?

————◆—————

IRLAND, HEUTE

Julien sah in die ratlosen Gesichter seiner Männer. Die kleine Fischerhütte bot kaum genug Platz für sie, aber sie waren dennoch hier zusammengekommen, um fern der römischen Gardisten die Neuigkeiten zu besprechen. Sie waren ungestört, denn ein Wolkenbruch ließ wahre Wassermassen vom Himmel strömen, und im grollenden Donner zuckten die Blitze grell über die Küste. Der orkanartige Wind riss an den Fenstern und jagte kalte Schauer durch die einfache Hütte.

„Wenn das so ist, müsst ihr Chloé endlich vom Boot holen. Sie war es nicht", versuchte sich Fay, von Schuldgefühlen geplagt, für ihre Schwester einzusetzen, nachdem Julien ihr von seinem Gespräch mit Lamar und den neuen Erkenntnissen berichtet hatte.

„Immer schön langsam", widersprach Louis. „Das läuft uns nicht davon. Zuerst sollten wir die wirklich wichtigen Dinge klären."

„Zum Teufel!", rief Fay und stieß sich von der Wand ab, an der sie lehnte. „Da draußen wütet ein Sturm! Was denkst du, wie das Boot schwankt! Kein Mensch hält so was aus, und Chloé hat wirklich schon genug durchgemacht! Ihr habt sie weggesperrt, weil ihr dachtet, sie hätte die *Wahrheit* gestohlen – das konnte ich verstehen, aber sie ist fast noch ein Kind. Da ihr jetzt wisst, dass sie unschuldig ist, müsst ihr mich zu ihr lassen."

„Wir müssen hier wichtige Entscheidungen treffen, Fay. Ich kann dich jetzt nicht begleiten, und allein ist es zu gefährlich." Julien sah sie mit einem eindringlichen Blick an.

„Ich bin mein Leben lang allein klargekommen!", widersprach Fay und streckte fordernd ihre Hand nach dem Schlüssel aus. Ihr schlechtes Gewissen Chloé gegenüber und ihre Schuldgefühle, weil sie ihr nicht vertraut hatte, ließen ihr überhaupt keine andere Wahl. Sie würde ihr jetzt helfen!

Julien konnte ihrem erbosten Blick nicht standhalten, und so nickte er Cruz zu, ihr die Schlüssel zu geben.

„Beeil dich – bei so einem Wetter ist es am Wasser nicht sicher."

„Dann ist es ja gut, dass sie noch auf dem Boot ist, nicht wahr?" Fay schüttelte ungläubig den Kopf, und ihre Locken fielen ihr wirr ins Gesicht. „Warum der ganze Aufwand, sie zu retten, wenn sie euch jetzt so egal ist? Ihr und eure beschissene Mission! Sie ist meine Schwester – nicht euer Feind, egal, was ihr glaubt!"

„Sie ist nicht so unschuldig, wie du denkst, Fay", warnte Cruz leise, und Julien bis die Zähne zusammen, als er daran dachte, was sein Freund ihm über die Kleine erzählt hatte.

„Sie ist nur verstört!", verteidigte Fay Chloés Verhalten und warf Cruz einen bösen Blick zu, als sie zur Tür hinausging. Der Schwall Wasser, der in diesem kurzen Augenblick durch die Tür stürzte, rann bis an Juliens Stiefel, und er fluchte leise, denn es gefiel ihm nicht, Fay ohne Schutz in der Nähe von Marzias Männern inmitten eines Unwetters zu wissen. Aber er hatte keine Wahl. Ihnen lief die Zeit davon, und sie tappten vollkommen im Dunkeln.

„Ich fasse den Stand der Dinge einmal zusammen", wandte er sich wieder seiner Aufgabe zu. „Matteo plaudert in Paris mit seiner Bettgefährtin ein bisschen zu viel über uns und unsere Mission. Jetzt stellt sich heraus, dass dieses Flittchen in der Nacht des Angriffs zufällig ebenfalls hier in Kildale war und es plötzlich sehr eilig hatte, Irland zu verlassen. Matteo folgt ihr bis London. Hier endet ihre Reise in einem Hafenbecken, nachdem sie einen Mann namens Trevor Hottner getroffen hat. Den Geschäftsführer des T.H.O.T. Instituts."

Julien versuchte, zu überhören, wie Said Matteo leise zum Teufel wünschte.

„Lamar hat mir berichtet, dass Marzia in diesem Institut seit vielen Jahren Alessas Blut untersuchen lässt. Er glaubt, dass es da einen Zusammenhang gibt."

„Also steckt doch die katholische Kirche dahinter?", fragte Said misstrauisch, und Julien sah seinem Freund direkt an, wie ihn nun die Anwesenheit von Marzias Männern wachsam werden ließ.

Ein lautes Donnergrollen schien dieses böse Omen zu unterstreichen, und nicht nur Saids Hand wanderte an seinen Waffengürtel.

„Unfug! Unfug! Ich weiß es, ich, ich", trällerte Cecil melodisch, und in seinen Augen leuchtete die Aufregung. Er sprang von der Bank, auf der er gerade noch mit angezogenen Knien gekauert hatte, direkt in die Wasserlache, die sich auf dem festgestampften Lehmboden gebildet hatte. „Was für ein leichtes Rätsel – kinderleicht."

Said zog Cecil am Arm wieder auf die Bank zurück und wich dessen schmutzigen Stiefeln aus.

„Was meinst du?"

„T.H.O.T – kennt ihr den nicht? Habt ihr noch nie was von ägyptischer oder griechischer Mythologie gehört? Trevor Hottner – Kann das ein Zufall sein? Kann es nicht – kann es nicht! Nein, das kann es nicht!"

Julien fuhr sich durchs Haar und ballte die Hände zu Fäusten. Er schätzte Cecil wirklich sehr. Er war ein genial verrückter Kopf, der den Hütern große Dienste erwiesen hatte, aber manchmal – so wie jetzt – war Cecils Wahnsinn einfach nicht auszuhalten. Himmel, er musste die *Wahrheit* retten – da wäre es wirklich hilfreich, wenn Cecil zum Punkt käme und aufhören würde, wirr zu reden. Das stetige Prasseln des Regens auf das Hüttendach tat sein Übriges dazu, ihrer aller Nerven bis zum Zerreißen zu spannen.

„Cecil!", ermahnte er seinen Freund. „Beruhige dich und konzentriere dich! Wir müssen wissen, was dich so aufregt."

Cecil nickte und hielt sich die eine Hand, die er noch hatte, vor den Mund. Er gluckste in seine Faust, und Julien atmete tief durch. Zum Glück beruhigte sich Cecil etwas, auch wenn seine Beine zappelten, während er sprach.

„Ich verrate es euch – dann seht ihr, dass es stimmt – dann seht ihr es. Es beginnt mit Hermes, dem bekannten Alchemisten und Namensgeber der hermetischen Wissenschaften. Er war für seine geheimen Wissenschaften bekannt, schrieb Bücher – die hermetischen Bücher – und fasste seine Weisheiten auf einer Smaragdtafel zusammen. Jawoll, das hat er. Das hat er."

„Und was hat dieser Hermes mit unserem Londoner Institut zu tun?", unterbrach Cruz ungeduldig.

Cecil hob die Augenbrauen und warf dabei seine Stirn in tiefe Falten. Er zwirbelte sein Bärtchen und lachte.

„Alles – mein Bruder – alles! Hermes ist Thot. Oder zumindest findet sich der Name Hermes auch für den ägyptischen Gott der Weisheit – Thot."

Cecil warf sich in Pose, als hätte er nun wirklich genug gesagt, aber Julien schüttelte verständnislos den Kopf.

„Also schön, Cecil. Hermes, ein alter Alchemist, wird auch Thot genannt – oder andersherum. Und weiter?"

Cecil schlug sich auf die Brust und verlieh seiner sonst sehr hellen Stimme die für seine Ankündigung nötige Tiefe.

„Hermes glaubte, die Weisheit der Welt zu verstehen. Ich glaube, er wusste mehr, als er hätte wissen sollen. Ich kenne die Inschrift seiner Smaragdtafel – denn sie machte mich schon vor langer Zeit stutzig. Jawoll, stutzig."

„Warum? Was steht auf der Tafel?"

Cecil runzelte die Stirn noch weiter – es sah beinahe schmerzhaft aus.

„Och, irgendetwas davon, dass der Vater die Sonne ist und die Mutter der Mond – der Wind es in seinem Schoß getragen hat … ich erinnere mich an Zauber und Wunder, an Kräfte und Licht – und an ein Feuer, das zu Erde wird. Der Rest klang nach einer Verwandlung, und am Ende schreibt er, wird man zum Herrscher über das Oberste und Unterste, vom Ruhm der ganzen Welt, und die Dunkelheit wird von einem weichen – die Kraft der Kräfte. Na, wie ist das? Wirklich irre, oder? Irre!"

Kraft der Kräfte. Zauber. Wunder.

Julien blickte in Cecils Gesicht und glaubte doch, an einem ganz anderen Ort zu sein. Weit in der Vergangenheit.

Der tosende Sturm und die vom Himmel stürzenden Wassermassen waren verschwunden. Stattdessen schmeckte er den Sand der Wüste, den der Wind gnadenlos in sein Zelt trug, sah die Flammen, die Claudio unsterblich gemacht hatten – nach einer mondhellen Nacht – im Augenblick des Sonnenaufgangs. Das Licht, das Wunder –

der Zauber ... alles war da gewesen – und dann war die Dunkelheit des Todes von Claudio abgefallen, und er hatte ewiges Leben besessen.

Die Kraft der Kräfte.

Julien zitterte. Er selbst war auf diese Weise zweimal wiedergeboren worden. Zuletzt erst vor wenigen Tagen in Rom, und auch er erkannte in den Worten des Hermes etwas, das ihn – und das war die Untertreibung des Jahrtausends – stutzig machte.

„Du glaubst ... er kannte die *Wahrheit?*", presste Cruz, der wohl ähnliche Schlussfolgerungen zog, genauso erschüttert zwischen seinen blassen Lippen hervor.

Cecil nickte so heftig, dass ihm die Haare zu Berge standen.

„Ja, ja, sicher, sicher – ich glaube, er wusste davon und wollte der ganzen Welt davon berichten. Darum die Bücher und die Smaragdtafel. Das macht Sinn, Juls, oder? Sag, macht das Sinn?"

Julien schwieg, aber Cruz wandte sich an alle.

„Wenn Hottner diesen Firmennamen nun also nicht wegen seines eigenen Namens gewählt hat, sondern weil er sich den Wurzeln der Alchemie verbunden fühlt – und er sein Netz bis nach Paris gesponnen hat ... dann drängt sich mir die Frage auf, ob nicht die *Bruderschaft des wahren Glaubens* hinter T.H.O.T. steckt", überlegte er laut und rieb sich nachdenklich das Kinn. „Matteo glaubt, diese Frau in Paris könnte wohl mehr über ihn gewusst haben, als er annahm. Immerhin teilen die Bruderschaft und Hermes anscheinend die Absicht, der Welt die Wahrheit zu sagen."

Julien schüttelte den Kopf und strich sich die widerspenstige Strähne aus der Stirn, die ihm immer wieder in die Augen fiel.

„Wenn das stimmt, dann hat Marzia unwissentlich nicht irgendeinem Labor, sondern der *Bruderschaft* Alessas Blut in die Hände gegeben. Wer weiß, was sie damit gemacht haben …"

Mit einem lauten Zungenschnalzer sprang Cecil erneut auf.

„Wenn ich Zugriff auf ihre Server bekomme, kann ich das sicher herausfinden."

———————◆———————

Fay hielt sich die Hand vor die Augen und blinzelte das Wasser fort, das dennoch über ihr Gesicht rann. Der Wind peitschte ihr die Tropfen entgegen und drückte ihr die nassen Klamotten kalt an den Körper. Das Meer schien zu toben, und die graue Gischt spritzte hoch bis ans Ufer. Das Boot riss hart an der Leine, und Fay fragte sich, ob sie lebensmüde war, sich an Bord zu wagen, obwohl in kurzen Abständen meterhohe Wellen über die Reling spülten. Weit hinter ihr, noch hinter der Hütte, standen die beiden schwarzen Lieferwagen, als bildeten sie ein dunkles Tor hinein in den Sturm. Von den Männern war nichts zu sehen.

„Natürlich! Keiner ist so verrückt, sich diesem Unwetter auszusetzen", fluchte sie und duckte sich instinktiv, als in der Ferne am Horizont eine Kaskade von Blitzen den Nachthimmel grell aufleuchten ließ. „Verdammte Scheiße!"

Das Seil knarzte gefährlich, und der Schiffsrumpf drückte ruckartig gegen den Pfeiler, an dem das Boot befestigt war. Mit einem wütenden Blick zurück zur Hütte wischte sich Fay die nassen Haare aus dem Gesicht und schwang ihre Beine über die nasse Reling. Das rutschige

Deck kam ihr nun so vollkommen anders vor als am Tag zuvor, als sie mit Julien hier gewesen war. Von der Liebe zwischen ihnen war heute wegen all der Probleme kaum mehr etwas zu spüren, und Fay war froh, dass sich wenigstens der Verdacht gegen Chloé als unbegründet herausgestellt hatte. Sie fühlte sich allein und wünschte, wenigstens die Kluft zwischen sich und ihrer Schwester zu überbrücken. Schon bald, wenn dieses Abenteuer überstanden war, würden sie beide in ihr altes Leben zurückkehren müssen, denn Cruz hatte sie ja schon in Rom vorgewarnt. Nebelmänner verschwanden – so spurlos, wie sie gekommen waren.

Und Fay würde zurückbleiben. Allein, ohne Julien – auch wenn sie ihn liebte und er ebenso für sie empfand. Eine gemeinsame Zukunft würden sie beide nicht haben, das war Fay klar – so schmerzhaft diese Erkenntnis auch sein mochte.

Die nächste Welle, die über das Deck spülte, hätte Fay beinahe von den Füßen gerissen, und sie beeilte sich, gegen den beinahe waagrecht fallenden Regen anzukommen und die Tür hinunter in die Kabine zu erreichen. Mehrfach entglitt ihren nassen und vor Kälte tauben Fingern der Schlüssel, und Fay hatte Angst, die Strömung könnte ihn über Bord spülen. Schließlich schaffte sie es, den Schlüssel ins Schloss zu stecken, als sie bemerkte, dass die Tür überhaupt nicht verschlossen war. Sie stieß sie auf und versuchte, in dem spärlichen Dämmerlicht etwas zu erkennen.

„Chloé?", rief sie und taumelte von den Wellen geschüttelt in die Kabine. Ihr Herz hämmerte so wild wie die Brandung draußen, als sie feststellte, dass Chloé nicht hier war.

„Chloé!", brüllte sie aus Leibeskräften, und die Angst um ihre Schwester schlug eisige Krallen in ihr Herz. Was, wenn sie bei diesem Sturm über Bord gegangen war? Wenn die Wellen sie mitgerissen hatten?

Vergessen war ihre eigene Angst vor dem Sturm, vor den dunklen Tiefen und den zuckenden Blitzen, als sie sich zurück an Deck kämpfte.

„Chloé!", schrie sie wieder und beugte sich über die Reling, um das Meer ringsherum abzusuchen. Doch das Boot schien in schwarzem Öl zu treiben, so dunkel und undurchsichtig war das Wasser.

Fay zitterte vor Angst und Kälte, als sie sich wieder und wieder den über Bord brandenden Wellen stellte.

Ein wütendes Donnergrollen begleitete den nächsten Blitz, und Fay duckte sich Schutz suchend. Der kurze Moment, als die Naturgewalt den Himmel taghell aufleuchten ließ, reichte aus, um ihr das Blut in den Adern gefrieren zu lassen. Die dunklen Silhouetten ihrer Schwester und eines Mannes auf einem Hügel an der Küste ließ sie erstarren.

„Der Wanderer!", entfuhr es ihr atemlos, und mit einem Mal spürte sie die Kälte und die Nässe nicht länger. Wie hypnotisiert taumelte sie über das rutschige Deck, den Blick auf die Schemen gerichtet. Sie glitt aus, als sie über die Reling zurück an Land klettern wollte. Der dumpfe Schmerz in ihrer Schulter war nichts im Vergleich zu dem Hämmern in ihrem Kopf. Als sie festen Boden unter den Füßen hatte, rannte sie los, den verzweifelten Hilfeschrei hinunterschluckend. Sie wusste, der Sturm übertönte jeden Laut.

Die zwei Schatten bewegten sich nicht weiter. Sie schienen auf sie zu warten, und die Gänsehaut auf Fays

Körper hatte nichts mehr mit der Kälte zu tun. Die Gestalt ihrer Schwester löste sich von der des Wanderers, und Fay schrie gegen den Wind an: „Lauf, Chloé – lauf!"

Warum floh sie nicht? Warum sah sie sich immer wieder nach ihrem Peiniger um? War er bewaffnet? Und warum kam ihr niemand aus der Hütte zu Hilfe? Wunderten die sich nicht, wo sie so lange blieben? Würde sie sich wirklich dem Wanderer alleine entgegenstellen müssen?

Es war Fay egal. Noch einmal würde sie nicht zulassen, dass sich dieser Psycho an ihrer kleinen Schwester verging. Der Schaden, den er angerichtet hatte, war groß genug. Sie verdrängte die Bilder von Chloés misshandeltem Körper aus ihren Gedanken, denn es zählte nur das Jetzt.

Bei Chloé angekommen, riss sie ihre Schwester in ihre Arme.

„Alles wird gut, Chloé, ich bin ja hier. Ich lass nicht zu, dass er dir noch einmal Gewalt antut, das schwöre ich!" Fay weinte vor Erleichterung und wollte sich zwischen ihre Schwester und deren Entführer stellen, um Chloé zu schützen, aber die stieß sie hart von sich.

„Was willst du noch von mir?", rief Chloé wütend. „Du hast doch deinen Hüter!"

„Julien wird uns schützen", versprach Fay und rappelte sich wieder auf. „Er kann dir nichts mehr tun – nur komm! Schnell!"

Sie streckte Chloé ihre Hand entgegen, aber die lachte nur. Ein irres Lachen, das Fay noch nie zuvor von ihrer Schwester gehört hatte.

„Du dumme Gans! Glaubst du wirklich, ich muss von dir gerettet werden? Glaubst du nicht, dass ich es vielleicht einmal satthaben könnte, von dir bemuttert zu werden, Fay? Du bist doch nichts weiter als ein billiges Flittchen ohne

Perspektive!"

„Du bist verwirrt, ma belle", versuchte Fay, über Chloés grobe Worte hinweg die Ruhe zu bewahren. „Komm, ehe es zu spät ist."

Fay spähte über Chloés Schulter auf den dunklen Schatten des Wanderers, der näherzukommen schien. Sie spürte, wie die Panik drohte, die Kontrolle zu übernehmen, und ihre Verzweiflung wuchs. Warum stellte sich Chloé nur so an?

„Komm jetzt!", rief sie erneut und packte Chloé am Arm, aber die entwand sich ihr energisch.

„Nein, Fay!" Chloé trat einen Schritt zurück. „Ich komme nicht! Ich gehöre zu ihm!"

„Was?" Fay traute ihren Ohren nicht.

„Was wundert dich denn daran? Denkst du, ich hänge an unserem Scheißleben, Fay? Denkst du, ich will zurück nach Paris – in die Gosse, wo wir irgendwann verhungern? Nein! Ich will leben! Er gibt mir ein Leben in Reichtum und Wohlstand, ohne die Angst, zu ersticken!"

Fay schüttelte vehement den Kopf.

„Das sind doch nur Lügen! Er wird dich nicht heilen – er wird dich umbringen! Sieh dich doch nur an! Er hat doch längst damit angefangen! Wie viele Narben willst du noch, ehe du das einsiehst?"

Fay machte einen Schritt zurück, denn der Wanderer trat nun hinter Chloé und legte ihr grinsend die Hand auf die Schulter. Seine Augen leuchteten selbst im Dunkel der Nacht noch eiskalt und grausam, sodass Fay unwillkürlich zusammenzuckte, als er diese langsam – ohne Fay aus den Augen zu lassen – über Chloés Körper gleiten ließ.

„Du irrst dich, Rotfuchs", raunte der Wanderer und grub seine Zähne in Chloés Schulter.

Fay wandte sich angewidert ab. Sein heiseres Lachen war selbst über den Sturm hinweg zu hören.

„Ich töte sie nicht – ich erwecke sie. Du ahnst nicht, wie lebendig man sich fühlt, wenn das Blut aus einem herausfließt. Sag es ihr, meine süße Chloé, sag ihr – wie viel Lust du bei mir erfahren hast."

Fay schüttelte hysterisch den Kopf. Sie sah Chloé an, die sich eng an die Ledergurte über der Brust des Wanderers schmiegte. Was geschah hier? Warum suchte Chloé die Nähe dieses Irren?

„Chloé?", fragte sie schwach, als ihre Schwester, anstatt etwas zu sagen, zuließ, dass der Psycho seine Hand zwischen ihre Beine legte.

„Sie wird es nicht verstehen, Geliebter", murmelte Chloé und atmete schneller. „Wir sollten es ihr zeigen", schlug sie vor und sah den Wanderer entrückt an. Sie bewegte ihr Becken in einem unverkennbaren Rhythmus und klammerte sich an seine Schulter.

Er lachte und stieß Chloé von sich.

„Du hast recht – zeig es ihr."

Erst jetzt, als er danach griff, bemerkte Fay die funkelnden Enden einer neunschwänzigen Katze an seinen Schenkeln baumeln.

Ein Blitz schlug hinter ihnen krachend in einen Baum, und doch war Fay schlagartig klar, dass das Unwetter um sie herum noch das Harmloseste in dieser Nacht war. Was hier geschah – was mit ihrer Schwester geschah, war um ein Tausendfaches schlimmer! Sie taumelte zurück, als der Wanderer Chloé die Peitsche in die Hand drückte.

„Du tust, was ich verlange – und ich gebe dir alles, was du begehrst", versprach er ihrer Schwester, und Chloé drängte sich an ihn.

„Alles?", fragte sie und rieb ihre Hand über das enge Leder im Schritt seiner Hose.

Er schwieg, aber selbst Fay konnte die deutliche Schwellung erkennen. Sie konnte nicht fassen, was sie sah, selbst dann noch nicht, als Chloé sich zu ihr umdrehte.

„Es ist ganz einfach, Fay. Ich will, dass du ihn ansiehst – wenn ich dich schlage!", erklärte Chloé kalt und kam näher.

Fay war wie versteinert. Was hier geschah, konnte unmöglich wirklich passieren. Das war doch alles nur ein böser Traum! Nur – warum erwachte sie nicht? Wie in bösen Träumen versagten ihre Beine ihr den Dienst. Sie wollte fliehen, weg von dieser Unbekannten, die einst ihre geliebte Schwester gewesen war, weg von dem Horror, der sich anbahnte.

Sie taumelte rückwärts und kam doch nicht vom Fleck. Nicht einmal ihren Blick konnte sie von ihrer Schwester abwenden, deren Gesichtszüge sich zu einer schrecklichen Grimasse verzogen hatten. Fay hörte Stimmen in ihrem Rücken. Rettung, dachte sie und bemerkte, dass auch Chloé kurz zögerte. Doch dann lachte Chloé dieses neue, erschreckende Lachen, das Fay durch Mark und Bein drang, und hob den Arm mit der Peitsche.

„Und nun, Fay – sieh *ihn* an!"

Erstaunlicherweise tat Fay genau das. Anstatt sich zu wehren, sah sie den Mann an, der ein Monster aus ihrer Schwester gemacht hatte. Sie sah, wie er lustvoll zusammenzuckte, als die roten Steine am Ende des Leders über Fays Hals und Brust fuhren. Ihr eigener Schmerzenslaut verschmolz mit dem Keuchen des Wanderers und Chloés triumphalem Schrei.

Dann zwang der Schock über den Schlag Fay in die Knie, und sie presste ihre Hände auf den blutigen Stoff ihres

Oberteils. Es hing ihr in Fetzen von den Schultern, und als sie wieder aufsah, floh ihre Schwester an der Seite des Wanderers in die Nacht.

DIE NACHT DES TROSTES

ay klammerte sich an Julien, der sie durch den Sturm zurück in die Hütte trug, als wäre sie ein hilfloses Kind. Nie hatte sie sich so kraftlos gefühlt, so vollkommen zerstört. Nichts hielt sie mehr auf den Beinen. Sie weinte nicht, aber ihre Kehle brannte, als hätte sie Säure getrunken, und so ätzten sich Chloés Tat und deren Worte tief in ihre wunde Seele.

„Es tut mir leid! Ich hätte dich nie allein gehen lassen, wenn ich geahnt hätte … es tut mir leid, Fay", flüsterte Julien immer wieder. In der Hütte trat er die Tür hinter ihnen zu und setzte sie auf die schmale Pritsche, die als Bett diente. Das Tosen des Sturms war nun nur noch ein entferntes dumpfes Geräusch, und das Prasseln des Regens hatte nachgelassen.

„Was ist passiert?", fragte er und strich ihr das triefendnasse Haar auf den Rücken. „Fay?"

Sie sah ihn an, verlor sich in seinen gletschertiefen Augen und wusste keine Antwort. Ihre Welt brach zusammen, und sie hatte nur diese Augen, die sie retten konnten. Mit einem hilflosen Schluchzen warf sie sich ihm an die Brust. Ihre Tränen benetzten sein Shirt, seine Arme wiegten sie sanft, und seine Hände strichen ihr beruhigend über den Rücken.

„Sie … ist einfach mit … ihm gegangen", schluchzte sie

und wollte nicht begreifen, wie es dazu hatte kommen können.

„Ich habe es gesehen, aber ich kann es nicht glauben. Nach allem, was er getan hat! Was ist passiert? Was …"

„Sie nennt ihn … Geliebter!", rief Fay fassungslos. „Geliebter! Kannst du dir das vorstellen? Du hast gesehen, was sie erleiden musste – wie kann sie da mit ihm gehen?"

Julien zuckte mit den Schultern. Ja, er hatte gesehen, was der Wanderer mit dem Mädchen gemacht hatte, aber er kannte auch die kranke Veranlagung des Mannes. Für ihn war Chloés Unterwerfung nur eines seiner Spiele.

„Er hat sie gebrochen, Fay. Sie ist im Moment nicht sie selbst. Wir werden sie nicht aufgeben, das schwöre ich. Das ist noch nicht das Ende!"

Fay sah auf die Striemen an ihrer Brust und fuhr die schmerzende blutige Linie sachte mit dem Finger nach.

„Und wenn wir uns irren? Wenn er sie wirklich … lebendig macht? Wenn das …", sie hob ihren blutigen Finger, „… das ist, was Chloé … will?"

Zärtlich küsste Julien ihre Nasenspitze und zog ihr vorsichtig das zerrissene Top über den Kopf.

„Wer sollte so etwas wollen?", fragte er behutsam und drehte ihren Körper so, dass er die Striemen im schwachen Licht der einzigen Lampe sehen konnte.

Fay errötete – aber nicht, weil er sie ansah, sondern weil sie Angst hatte. Angst, zum ersten Mal in ihrem Leben über ihre Vergangenheit zu sprechen.

„Unser Vater war auch so. Er …", sie senkte den Blick, „… er war brutal und kalt. Chloé muss in den ersten Jahren ihres Lebens gedacht haben, Schmerz wäre die einzige Form von Zuwendung, die ein Mensch einem geben kann. Als ich groß genug war … habe ich versucht, sie vor meinem Vater zu schützen, aber … aber ich war ja selbst noch ein Kind. Ich habe versagt! So oft habe ich versagt!"

„Das hast du nicht, Fay. Solange ich dich kenne, hast du immer nur an deine Schwester gedacht. Tief in ihrem Herzen weiß sie das auch."

Er fing ihre Träne mit dem Finger auf und küsste sie sanft erst auf die tränennasse Wange und dann auf den Mund. Sein Kuss begann tröstlich, aber in ihrer Not fühlte sich seine Nähe wie die einzige Rettung an. Verzweifelt öffnete ihm Fay ihre Lippen und bat ihn damit, sie mit seinem Kuss zu retten. Sie für diesen Moment vergessen zu lassen, was geschehen war, sie aus ihrer Einsamkeit zu befreien. Sie grub Julien die Finger in den Nacken und zog ihn an sich. Seine Arme umfingen sie, und sie fühlte die vertraute Geborgenheit, die sie in seiner Nähe immer empfand.

„Wir müssen deine Wunden versorgen", flüsterte er und strich vorsichtig über einen der Striemen.

„Das tust du schon", hauchte Fay und schob fordernd ihre Hände unter sein Shirt. Sie zeichnete die Linie seiner Wirbelsäule nach und genoss die Gänsehaut, die sie ihm damit bereitete. Das Spiel seiner Muskeln unter ihren Fingern gab ihr Sicherheit. Sie sehnte sich nach mehr.

Fay hob sich ihm entgegen und ließ ihren Kopf in den Nacken fallen, um seine Küsse den Hals hinab zu lenken. Seine Lippen entzündeten ihre Haut, und sie spürte ihren eigenen Puls unter seiner Zunge tanzen. Sein Atem an ihrer Kehle sandte ein Kribbeln bis in ihren Schoß, und, als sie sich langsam auf die Pritsche sinken ließ, folgte er ihr nach. Seine Hände an ihrer Hüfte gaben ihr ein Versprechen, das er mit seinem Körper einzulösen gedachte.

„Ich brauche dich, Julien", flüsterte Fay und schlang ihr

Bein über seinen Schenkel, um ihm näher zu sein.

Julien hob den Blick und sah ihr tief in die Augen.

„Du hast mich. Ich bin hier."

Damit schob er sich über sie und begrub sie unter seinem Körper. Er stützte sich auf seine Ellbogen, um sie nicht zu zerquetschen, aber seine starke Brust berührte ihre, und sie fühlte seine Erregung durch die Kleidung.

Langsam und zärtlich ließ Julien seine Lippen über ihre Wange, ihre Augenlider und ihr Kinn wandern, ehe er ihren Mund mit seinem Kuss eroberte. Er teilte ihre Lippen mit seiner Zunge und neckte ihre, als sie ihm stürmisch begegnete.

Nichts zählte mehr außer den unbeschreiblichen Empfindungen, die Julien in ihr weckte. Sie zog ihm das nasse Shirt über den Kopf und streichelte seinen Nacken, seinen Rücken bis hinunter zu seiner schmalen Taille. Sie schob ihre Hände in seine Hose und umfasste seinen Po.

Als Julien sich auf die Seite drehte, traf die kalte Luft auf ihren erhitzten Körper, und sie wollte protestieren, aber sein Kuss erstickte jeden Widerspruch. Mit geschickten Fingern öffnete er die Knöpfe ihrer Jeans und ließ seine Hand in ihren Slip gleiten, während er seine Küsse zärtlich ihren Hals hinab den roten Striemen folgen ließ. Die Wunden waren nicht tief und hatten längst aufgehört zu bluten, aber Fay spürte dennoch Juliens Wut auf Chloé. Er liebkoste ihre Verletzungen, so, als könnte er ihr damit den Schmerz nehmen – und tatsächlich fühlte sie nur noch ihr wachsendes Verlangen. Fay war verloren, als er ihre Brust umfasste und die empfindliche Spitze in seinen Mund saugte, während seine Finger zwischen ihren Beinen ein Feuer entfachten.

Sie bog den Rücken durch, um ihm noch näher zu sein

und öffnete dabei seine Hose. Ungeduldig befreite sie Julien aus seinen letzten Kleidungsstücken und half ihm, das Gleiche bei ihr zu tun.

Ohne Worte fanden sie wieder zusammen. Als sich Julien auf sie legte, umschlang sie ihn mit ihren Beinen. Sein Keuchen, als er sich in ihre heiße Mitte schob, war mehr wert als jeder Liebesschwur, und Fay zitterte unter seiner beeindruckenden Härte.

Zärtlich bewegte er sich in ihr, und Fay fühlte, wie die Spirale der Lust sich immer schneller drehte. Sie hob sich ihm entgegen, nahm ihn tief in sich auf und erwiderte seine Stöße im gleichen, uralten Takt.

Juliens Hände waren überall, und seine Küsse schmeckten nach Hoffnung. Fay wollte diesen Moment hinauszögern, wollte nicht, dass er jemals endete, aber viel zu schnell strebte sie dem Gipfel entgegen, und die Welle der Lust brach, als auch Julien mit einem Keuchen den Höhepunkt erreichte.

Schwer atmend legte sich Julien neben sie und umfing Fay mit seinen Armen, bedeckte sie mit seinen Beinen und zog sie nah an seine Brust. Er spielte mit einer Strähne ihres Haares, während er kleine Küsse in ihren Nacken regnen ließ.

„Was wird aus uns, wenn das hier vorüber ist?", fragte Fay nach einer Weile und wagte es nicht, Julien dabei anzusehen. Ihre Zukunft schien ihr dunkler und einsamer als je zuvor. Ohne Chloé … Sie spürte sein Zögern, aber das Beben seiner Brust zeigte, dass er glücklich lachte.

„Wir werden einen Weg für uns finden, Fay. Das verspreche ich dir. Du gehörst zu mir. Ich liebe dich. Alles andere wird sich finden. Aber zuerst müssen wir nach London und mal wieder die Welt retten."

Fay lächelte und erwiderte Juliens Kuss.

„Wird dir das niemals lästig?"

Julien grinste.

„Gerade im Moment ...", er küsste ihren Hals und ihre Schulter, „... könnte ich mir wirklich Schöneres vorstellen."

DIE BERICHTE

———◆———

ROM, HEUTE

Nach der leidenschaftlichen Nacht mit Marzia hatte Lamar Mühe, in ihrer Nähe seine Gedanken nicht zurück zu ihrem Liebesspiel schweifen zu lassen. Selbst jetzt, als sie aus dem Hubschrauber stieg und mit wiegenden Hüften auf den Mann zuging, der an den Steilklippen auf sie wartete, sah er nur ihre schlanken Beine, die sie in Ekstase um ihn geschlungen hatte, und ihren knackigen Po, der sich in seinen Händen so gut angefühlt hatte.

Nach all den Jahrhunderten hatte Lamar im Bett so ziemlich alles erlebt. Sex hatte allmählich seinen Reiz verloren, auch wenn er ein warmes Bett einem kalten klar bevorzugte. Doch Marzia, die sogar noch länger auf dieser Welt wandelte als er selbst, hatte ihm gestern Nacht gezeigt, dass die körperliche Vereinigung wieder deutlich an Reiz gewinnen konnte. Es war wie eine Heimkehr gewesen. Als hätte er einen Teil von sich selbst in ihren Armen gefunden. Feind hin oder her, sie beide verband etwas. Ihr gemeinsames Schicksal? Ihre endlosen Jahre ohne Liebe? Verflucht! Sogar jetzt verlangte es ihn danach, sich in ihrer willigen Umarmung zu verlieren, die so viel mehr war als einfacher Sex.

Als würde sie seinen Blick in ihrem Rücken spüren,

drehte sie sich zu ihm um und schenkte ihm ein laszives Lächeln. Dann wandte sie sich wieder an den Kardinal, der sich mit einem purpurfarbenen Tuch den Schweiß von der Stirn wischte.

Lamar beobachtete, wie der Fettsack Marzia einen Umschlag reichte und nervös an seinem pompösen Kruzifix herumzupfte. Lamar rieb sich über den Bart. Der Kerl war ihm unangenehm. Marzia Colucci musste wirklich sehr einsam sein, wenn sie solche Männer zu ihren Vertrauten machte. Obwohl die Italienerin streng genommen seine Feindin war, hatten sie und die Hüter doch in den letzten Jahrhunderten die gleichen Ziele verfolgt und waren friedlich miteinander zurechtgekommen. Vielleicht hätte das alles, angefangen bei Alessa bis hin zu den aktuellen Ereignissen verhindert werden können, wenn die Hüter sich mit Marzia zusammengetan hätten?

Einem seiner Körperteile gefiel die Vorstellung einer Vereinigung mit der geheimnisvollen Schönheit besonders gut, und Lamar schloss kurz die Augen, um sich auf seine Aufgabe zu besinnen. Sie trafen Paschalis, um die Forschungsergebnisse zu bekommen, damit sie diese nach irgendwelchen Hinweisen durchforsten konnten. Diese sollten es Cecil erleichtern, in den Datenbanken von T.H.O.T. fündig zu werden. In zwei Tagen wollten sie sich alle mit Matteo, der dort inzwischen die Stellung hielt, in London treffen.

Das Gespräch fand ein Ende, und dem Kardinal schien ein Stein vom Herzen zu fallen. Lamar sah ihm nach, als er gehetzt zurück in die dunkle Limousine floh, die ihn zum Treffpunkt am Olivenhain gebracht hatte. Doch der schmierige Kerl war vergessen, als Marzia zurück in den Hubschrauber stieg. Das drängende Verlangen, die dunkelhaarige Schönheit noch einmal zu lieben, beherrschte Lamars Gedanken. Doch wie schon am Morgen wahrte Marzia auch jetzt eine kühle Distanz. In ihren Augen glomm ein amüsiertes Funkeln, das ihm zeigte, dass auch sie an ihre gemeinsame Nacht dachte. Aber ihre Haltung ließ nichts von der Nähe, die zwischen ihnen geherrscht hatte, erahnen, als sie sich neben ihn setzte und der Bodyguard die Tür hinter ihnen schloss.

Zurück in der Villa studierten sie die Berichte. Marzia hatte jedem einen Espresso gemacht, und gemeinsam überflogen sie die ersten Seiten.

„Hier haben wir eine Auftragsnummer. Vielleicht werden Laborergebnisse unter dieser Nummer archiviert oder abgelegt", überlegte Lamar. Marzia nippte an der kleinen Tasse. Ihr kurzer Rock war weit nach oben gerutscht, als sie sich neben ihn auf die Ledercouch gesetzt hatte. Während sie sich zu ihm hinüberbeugte, um ebenfalls in die Seiten sehen zu können, warf er einen Blick auf die sanften Hügel ihrer Brüste.

„Was hat das Labor denn genau untersucht? Wie lautete deren Auftrag?", versuchte er, beim eigentlichen Thema zu bleiben, während er sich fragte, ob die Klimaanlage überhaupt lief, weil ihm ordentlich warm geworden war, seit sie neben ihm saß.

„Paschalis wollte eine Art Gegenmittel zur *Wahrheit* erschaffen. Und zuerst sah es auch so aus, als könnte uns Alessas Blut genau das liefern. Denn, wann immer die Forscher die Genanomalie – so nannten sie es – zu separieren versuchten, zerfiel das ganze System", erklärte Marzia. „Frage mich nicht nach Einzelheiten, denn ich habe mich damit nicht weiter befasst, da keines der Resultate je befriedigend gewesen war."

Lamar nickte und strich sich über den rasierten Teil seines Kopfes.

„Du denkst, in Alessas genetischem Code verbirgt sich das Geheimnis des Elixiers?"

„Gabriel war ihr Vater, und sie besaß die Fähigkeit des Sehens. Zudem alterte Alessa viel langsamer als normale Menschen. Sie war als Kind niemals krank. Etwas war definitiv anders an ihr. Das bestätigte auch das Labor."

Sie durchsuchte den Stapel Laborbefunde, bis sie fand, wonach sie suchte.

„Hier, sieh selbst. Der Laborleiter schreibt, sie hätten eine genetische Mutation entdeckt, die ihnen vollkommen unbekannt sei."

Die medizinisch-chemischen Begriffe des Befundes sagten Lamar nichts, aber das Fazit reichte ihm.

„Was haben sie mit dem Material gemacht, nachdem sie es separiert hatten?"

Marzia fasste sich nachdenklich die Haare im Nacken zusammen und lehnte sich in die Polster zurück.

„Nicht viel. Das Serum blieb nur bei Kühlung in flüssigem Stickstoff stabil, aber sobald man es wieder der Blutprobe von Alessa zuführte, um zu sehen, wie es möglicherweise auf Menschen wie sie wirken würde, zerfiel jede einzelne Zelle."

„Weißt du, wie es im Gegenzug mit normalem Blut reagiert?"

Marzia schüttelte den Kopf.

„Nein. Das Labor erhielt von mir nie den Auftrag, das herauszufinden, weil ich fürchtete, das Serum könnte die Kraft des Elixiers oder eine von Alessas Fähigkeiten übertragen." Sie hob die Augenbrauen und lächelte zynisch.

„Das wäre kontraproduktiv gewesen."

Lamar tief in die Augen blickend, öffnete sie den obersten Knopf ihrer Bluse und fächelte sich Luft zu.

„Das …", raunte Lamar und legte die Laborergebnisse achtlos beiseite, „… ist ebenfalls kontraproduktiv."

Er strich über Marzias Schenkel und ließ seine Hand mutig unter ihren Rock gleiten. Sie schloss genießerisch die Augen und spreizte die Beine.

„Wir werden untergehen, Lamar. Warum also nicht die Zeit nutzen?"

Schamlos kam ihr ein Stöhnen über die Lippen, als er ihre Weiblichkeit liebkoste und seine andere Hand in den Ausschnitt ihrer Bluse schob. Ihre harten Knospen reckten sich seiner Berührung entgegen.

„Wir werden nicht untergehen, Marzia", flüsterte er, ehe er seine Lippen auf ihren Mund presste und sie mit einer schnellen Bewegung auf seinen Schoß hob.

Marzia knöpfte ihre Bluse weiter auf und klopfte Lamar auf die Finger, als er versuchte, diese wieder unter ihren inzwischen bis über den Po hochgerutschten Rock zu stecken.

„Wenn nicht – dann müssen wir dafür sorgen, dass so etwas nie wieder passiert."

Lamar grinste.

„Wenn ich mir die Entwicklung so ansehe …", er schob ihr die Bluse von den Schultern und umfasste ihre vollen Brüste. Es war klar, von welcher Entwicklung er sprach. „… darf das ruhig wieder passieren."

„Idiot!" Sie entwand sich ihm und stand auf. „Im Ernst, Lamar. Die *Wahrheit*, das Serum und jeder Rest von Alessas Blut – alles muss vernichtet werden. Es ist nicht mehr sicher genug, dass eine Handvoll Männer diese weltverändernde Kraft zu hüten versucht. Die Zeiten haben sich geändert!"

Lamar erhob sich ebenfalls. Er folgte Marzia und drehte sie zu sich um. Er strich ihr das Haar über die Schulter und hob ihr Kinn an.

„Du magst recht haben – aber nicht ich treffe die Entscheidungen. Juls wird das Richtige tun."

Marzia schüttelte den Kopf, aber Lamars Hände um ihre Taille verhinderten eine weitere Flucht.

„Wie kannst du dich in so wichtigen Angelegenheiten einfach seinen Befehlen unterordnen?"

„Wir sind Brüder – er würde immer tun, was auch ich tun würde."

Marzia sah ihn unter ihren dichten Wimpern hervor an und stellte sich auf die Zehenspitzen. Sie lehnte sich gegen ihn und biss sanft in seine Unterlippe.

„Immer?", fragte sie verführerisch und öffnete seine Hose.

Lamar lachte heiser, als sie vor ihm auf die Knie sank und seine Männlichkeit befreite. Ihr Atem auf seiner Haut ließ ihn zittern, und er grub seine Hände in ihr Haar, um sie heranzuziehen.

„Fast immer."

DAS INSTITUT

Trevor Hottner konnte kaum fassen, was er in Händen hielt. Er sah sich schon im Geld schwimmen. Und Dutzende Ideen, wie er das Elixier des ewigen Lebens für sich möglichst gewinnbringend nutzen könnte, spukten ihm durch den Kopf.

Ehrfürchtig stellte er die drei faustgroßen Rubine vor sich auf den Schreibtisch und tat nichts weiter, als sich in der Betrachtung des außergewöhnlichen Schliffs zu verlieren.

Er hatte seine Krawatte gelockert und die beiden obersten Knöpfe des Hemdes geöffnet. Seine Hände waren ruhig, obwohl er damit erst vor wenigen Stunden eine Frau erwürgt hatte. Eine Frau, an die er nun schon nicht mehr dachte.

An was er jedoch dachte, war das Netz der *Bruderschaft des wahren Glaubens*. Er, sein Vater und Großvater – und vor ihnen deren Vorfahren hatten eines gemeinsam. Sie alle hatten die Bruderschaft geführt, finanziert und benutzt, um das in ihren Besitz zu bringen, was Hermes Trismegistos in seinen geheimen Büchern als die *Kraft der Kräfte* bezeichnet hatte. Nur aus dieser Hoffnung heraus hatten sie bereits vor Jahrhunderten angefangen, alchemistisches Wissen zu sammeln und zu erforschen. Die Gründung des Instituts war nur die logische Schlussfolgerung aus all diesen Bemühungen gewesen, Chemie, Biologie und Genetik unter einem Dach zu bündeln.

Sie hatten die Bruderschaft finanziert, um deren weitreichendes Netz für die Suche nach dem Elixier zu nutzen. So hatte bereits sein Urgroßvater die Führung der Bruderschaft übernommen. Doch nun war es keineswegs länger Hottners Absicht, all diese Spinner und Fanatiker auch nur noch einen Tag weiter in seinem goldenen Kielwasser mitschwimmen zu lassen.

Das Summen seines Handys beendete seine Grübeleien. Er stemmte sich aus dem ledernen Sessel hervor und drückte den Knopf der Sprechanlage zum Vorzimmer.

„Linda – Sinclair dürfte in wenigen Augenblicken heraufkommen. Schicken Sie ihn unverzüglich zu mir durch."

Er wartete nicht auf ihre Bestätigung. Linda kannte ihre Pflichten. Sie fragte nicht, warum er mitten in der Nacht im Büro war. Sie fragte nicht, warum er verlangte, dass auch sie eine weitere Nacht an ihrem Schreibtisch verbringen musste. Sie tat es, *weil* er es verlangte. Und vielleicht, so überlegte er, würde er Linda heute – zur Feier des Tages – noch ein paar *besondere* Überstunden extra machen lassen.

Die Tür ging auf, und Sinclair kam herein. Der schmächtige Mann sah aus, als wäre er von einem Löwen durch die Steppe gehetzt worden. Das schüttere Haupthaar stand ihm in struppigen Büscheln vom Kopf, und der Schweiß unter seinen Achseln hatte nicht nur sein Hemd, sondern auch seine dünne Leinenjacke dunkel verfärbt.

„Zum Teufel, Sinclair! Wie sehen Sie denn aus?", donnerte Hottner. „Was ist nur in Sie gefahren, dass Sie so herumlaufen?"

Sinclair zitterte am ganzen Leib. Er spuckte in die Hände und glättete damit seine wenigen Haare, was Hottner angewidert zurückweichen ließ.

„Tut mir leid, Sir, aber … der Auftrag … er …" Sinclair sah gehetzt über die Schulter, ob die Tür zum Vorzimmer auch wirklich geschlossen war. „… ich bin kein schlechter Mensch, Sir. So was mach ich normalerweise nicht. Ich …"

Hottner drückte seine Brust heraus und nickte verständnisvoll. Er bot Sinclair einen Platz an und goss ihm Whisky in ein edel geschliffenes Glas.

„Hier, Mann. Beruhigen Sie sich." Er legte den Kopf schief und musterte seinen Mitarbeiter aus zusammengekniffenen Augen. „Sehen Sie, ich bin auch kein schlechter Mensch. Sie müssen das so sehen – wir beide lösen nur Probleme."

Sinclair nickte wenig überzeugt.

„Ja, Sir. Natürlich."

Hottner setzte sich und strich sich über die Knopfleiste seines Hemdes.

„Haben Sie das Problem mit Ecklund gelöst?"

Sinclairs Gesichtsfarbe nahm einen grünlich-fahlen Ton an, und Hottner sah, dass er eifrig schluckte. Selbst der Whisky schien ihm die Kehle nicht frei zu brennen.

„Übergeben Sie sich ja nicht auf den Teppich. Der ist ein Geschenk eines persischen Geschäftsfreundes."

Sinclair presste die Lippen zusammen und rieb sich über den Oberlippenbart. Schließlich nickte er, und die Worte sprudelten heraus. „Ecklund ist erledigt. Es war leicht, ihm das Gift unterzumischen. Aber, Sir – es war nicht schön, das mit anzusehen."

Hottner zuckte mit den Schultern. „Es ist nie schön, sich die Hände schmutzig zu machen. Zum Glück …", er hob sein Glas und prostete Sinclair zu, „… müssen Menschen mit Geld das nicht oft tun."

Beide leerten ihr Glas, und Hottner erhob sich. Er bedeutete seinem Angestellten, ihm an den Schreibtisch zu folgen, und deutete auf die Rubine.

„Das hier ist unsere Zukunft, Sinclair. Ich will, dass Sie die Steine in die Kryobank zu der Blutprobe und dem extrahierten Serum bringen, damit niemand darauf Zugriff hat. Sie und ich werden dann in den nächsten Tagen versuchen, hinter das Geheimnis des Elixiers zu gelangen, aber dazu werde ich zuerst den gesamten Laborbereich A stilllegen. Ich will keine anderen Mitarbeiter in der Nähe unseres Schatzes." Hottner nahm einen großen Schluck und lächelte zufrieden. „Geben Sie Ihren Laboranten frei. Umbauarbeiten oder irgend so etwas – ich kümmere mich um den Rest." Er zog eine Schublade des Schreibtischs auf und warf Sinclair ein dickes Bündel Geldscheine zu. „Ein Vorgeschmack – auf das, was wir alles noch gemeinsam erreichen werden, mein Freund."

———◆———

Matteo hatte sich in den letzten Tagen in London beinahe gelangweilt. Das Institut und Hottner zu beobachten, war öde gewesen, denn es hatte sich nichts getan. Hottner hatte das Gebäude nicht mehr verlassen, seit Matteo ihm vom Verladeplatz hierher gefolgt war. Zum Glück hatte das Warten nun ein Ende. Er packte den Wachmann unter den Achseln und schleppte den Bewusstlosen hinter den Tresen im Eingangsbereich des Instituts. Im gelblichen Licht der schwachen Beleuchtung verschwanden die Schatten von Julien und Lamar im Treppenhaus.

Matteos Herz raste, und er wünschte sich einen Drink. Es kam ihm vor wie eine Reise durch die Zeit, zurück in eine Vergangenheit, die er geglaubt hatte, für immer hinter sich zu lassen.

Nachdem er Julien, Lamar und die andern am Morgen getroffen und ihnen alles berichtet hatte, war ihnen klar geworden, dass es nur einen Weg gab. Sie mussten die *Wahrheit* aus dem Institut stehlen. Noch immer spürte Matteo Juliens Hand auf seiner Schulter.

„Ich brauche dich, Bruder", hatte der Mann, der einst wie ein Vater für ihn gewesen war, ihn gebeten, sich ihnen anzuschließen – und er hatte ja gesagt.

Jetzt fühlte er sich lebendig, wie seit Langem nicht. Aber er fühlte auch die Schuld am Tod seiner Brüder wie eine tonnenschwere Last, weil er der Französin in seinem Suff zu viel verraten und damit die Lawine erst losgetreten hatte.

Die Schritte seiner Brüder waren nicht mehr zu hören, und Matteo war froh, Said auf der Straßenseite gegenüber zu sehen, der scheinbar in einen Flirt mit einer schönen dunkelhaarigen Frau vertieft war.

Marzia.

Sie hatte darauf bestanden, Lamar nach London zu begleiten. Ein Stück weiter die Straße hinunter parkte einer der Lieferwagen, in dem Cecil darauf wartete, dass Lamar ihm Zugang zu den Institutsservern verschaffte. Cecil sollte sowohl die Forschungsergebnisse herunterladen, wenn möglich einen Hinweis auf den Verbleib der *Wahrheit* und Alessas Blut finden und die Ergebnisse unwiderruflich löschen.

Matteo fragte sich, ob der Verrückte dazu überhaupt in der Lage sein würde, aber anscheinend hegten die anderen keinen Zweifel an dessen Fähigkeiten. Mit einem

Schulterzucken öffnete er nacheinander die Schubladen am Tresen und behielt aus dem Augenwinkel die Monitore vor sich im Blick. Er grinste, als Lamars Gestalt im grünlichen Licht der Notbeleuchtung des Untergeschosses auf einem Monitor auftauchte. Die Kapuze seines Ledermantels verbarg dessen Gesicht, aber Matteo erkannte den weit ausholenden, entschlossenen Schritt seines Bruders.

Mit einem Blick auf den reglosen Wachmann vergewisserte er sich, dass von dem kein Ärger zu erwarten war, ehe er die nächste Schublade durchsuchte. Ein Pfiff ging ihm über die Lippen, als er das Heftchen mit zwei barbusigen Schönheiten auf dem Cover entdeckte.

„Du bist mir ja einer", flüsterte er und stieß den Sicherheitsmann lachend mit dem Stiefel in die Seite, ehe er das Heft hervorholte und bis zum doppelseitigen Poster in der Mitte des Magazins blätterte.

Fay kaute auf ihren Fingernägeln und suchte mit den Augen die Fenster des Instituts nach einem Zeichen von Julien ab.

Kommandant Fischer, der neben ihr auf dem Fahrersitz des Transporters saß, streckte seinen Arm zu ihr herüber und drückte sie sanft zurück in den Sitz.

„Verhalten Sie sich unauffällig und hören Sie auf, so hinüberzustarren!"

Fay stieß Fischers Hand beiseite. Sie konnte nicht so einfach wie Julien darüber hinwegsehen, dass dieser Mann den Befehl für den Angriff auf das Kloster gegeben hatte. Natürlich verstand sie, dass die Hüter jetzt jede Hilfe brauchen konnten, aber das änderte nichts daran, dass

Arjen, Claudio und Arnulf von Fischers Männern ermordet worden waren. Sie traute diesen Gardisten keinen Meter weit, so viel stand fest. Ebenso wenig wie der Italienerin. Marzia Colucci hatte sie auf eine beleidigend herablassende Weise gemustert, die sie nur zu deutlich daran erinnerte, dass sie eine Stripperin war.

Insgeheim wusste Fay, dass ihre Wut auf Marzia auch daher rührte, dass sie diese irgendwie um ihre Unsterblichkeit beneidete. Nicht, dass Fay ein unendliches Leben besonders reizvoll fand – waren doch schon ihre bisherigen Jahre kein Zuckerschlecken gewesen –, aber sie hätte dann zumindest die Chance auf eine Zukunft mit Julien.

Wieder lehnte sie sich nach vorne, um die Fassade sehen zu können, während Cecil zum ersten Mal in das Mikrofon seines Kopfhörers sprach. Neugierig wandte sie sich um und beobachtete ihn, wie er seinen Computer zum Leben erweckte.

„Was ist?", fragte sie ins halbdunkle Heck. „War das Julien?"

Cecil gab keine Antwort, sondern gluckste nur vor sich hin.

Fay biss die Zähne zusammen und stieg nach hinten durch. Sie spähte über Cecils Schulter und wiederholte ihre Frage.

„Lamar", wisperte Cecil leise. „Das war Lamar. Ich habe Serverzugang. Jetzt finde ich die *Wahrheit* – ich finde sie, ich finde sie."

Er tippte die Auftragsnummer, die Marzia ihm gegeben hatte, die Rechnungsnummern sowie die Daten der Tage ein, an denen das Labor die Untersuchungen durchgeführt hatte.

Fay öffnete derweil die Schiebetür und trat auf den Gehweg. Möglichst leise schloss sie den Wagen wieder und steckte sich eine Zigarette an. Schon das Glimmen der Kippe wirkte beruhigend auf sie, noch ehe der erste Atemzug das Nikotin in ihre Lunge beförderte.

Sie wünschte, sie könnte bei Julien sein, auch wenn das bedeuten würde, in das Gebäude eines gut bewachten Pharmaunternehmens einzubrechen.

Fay hielt das für eine riskante Aktion, aber Matteo war überzeugt gewesen, dass die *Wahrheit* das Institut nicht mehr verlassen hatte. Er hatte Hottner rund um die Uhr beobachtet. Sie blies den kalten Rauch in die Nacht und entwirrte gedankenversunken mit den Fingern ihre Haarspitzen.

Wenn Cecil recht hatte, dann war das weit mehr als nur ein Pharmakonzern. Wenn er recht hatte, war dies das Herz der *Bruderschaft des wahren Glaubens.* Und auch wenn sie keine rechte Vorstellung davon hatte, was das genau bedeutete, fürchtete sie, dass Julien direkt in die Hände seiner Feinde lief. Vielleicht sogar in eine Falle. Ihr Blick wanderte die dunkle Straße hinauf bis gegenüber des Eingangs, wo Said Marzia gerade den Arm um die Hüften legte, als wären sie ein verliebtes Paar, das sich hier ungestört ein wenig näherkam.

Alles Unheil, das in den letzten Wochen über Fay und den Hütern hereingebrochen war, hatte diese Frau verschuldet. Und dennoch benahm sie sich so, als hätte sie mehr Anspruch darauf, hier zu sein als sie.

Dabei hatte sie sogar versucht, Julien zu töten.

Fay trat die Kippe aus und schnaubte.

„Blödes Weib!", murmelte sie, ehe sie wieder zu Cecil ins Heck des Wagens kletterte.

Ohne den Verrückten noch einmal anzusprechen, sah sie ihm über die Schulter. Auf seinem Monitor wechselten sich verschiedene Dokumente ab, und sie staunte, wie einfach es gewesen war, Einsicht in diese doch hochbrisanten Akten zu bekommen.

Zu einfach …?

———————◆———————

Julien lauschte Cecils Anweisungen und schlich dabei weiter durch die finsteren Institutsgänge. Über den Labortischen brannten blaue UV-Lampen und warfen gespenstische Schatten. Das leise Surren der Klimaanlagen und Luftfilter dämpfte Juliens Schritte. Edelstahlapparaturen und Glasgefäße, Kühler und Anlagen veranlassten ihn, vorsichtig weiterzugehen. Das Blinken und Brummen mancher Maschinen zeigte, dass hier wohl selbst nachts Untersuchungen liefen. Der leichte Geruch nach Lösungsmittel hing in der Luft, und die Türen, die er passierte, öffneten sich mit dem leisen Geräusch ausgestoßener Luft automatisch.

„Laborbereich A", murmelte er und studierte den Fluchtplan an der Wand, um sich zu orientieren. Er war im richtigen Stockwerk, und sein erstes Ziel lag direkt vor ihm.

„Das Büro des Laborleiters", flüsterte er und tippte mit dem Finger auf den Gebäudeplan.

Mithilfe des Sicherheitscodes, den Cecil ihm durchgab, öffnete er die entsprechende Tür und betrat den Raum. Die Registerschubladen waren alphabetisch beschriftet. Er wollte eine davon aufziehen, aber sie war abgeschlossen. Nach einem schnellen Blick durch den Raum trat er an den Schreibtisch und öffnete dort die oberste Schublade. Er grinste, als er den einzelnen Schlüssel mit dem roten Anhänger neben einem Stempelkissen und einer aneinandergereihten Kette von Büroklammern liegen sah.

„Auftragsnummer S702", murmelte er, als er die Schublade mit der Aufschrift R–U aufzog.

S702 war leicht zu finden. Es war der dickste Hefter im Fach. Das hatte Julien nicht erwartet, denn laut Lamar waren die Laboruntersuchungen an Alessas Blut nicht sonderlich erfolgreich gewesen.

Als er nun den Ordner herausnahm, fiel sein Blick auf eine zweite Mappe, die ebenfalls die Aufschrift S702 trug. „Akte geschlossen" prangte in Rot auf dem obersten Registerblatt. Nachdenklich schlug er die Akte auf und blätterte durch die Tabellen und fremdartigen Diagramme, deren Bedeutung sich ihm aber nicht erschloss. Seine Fingerspitzen kribbelten, als wäre er einer wichtigen Sache auf der Spur, aber nur wenig von dem, was er sah, war für ihn verständlich. Dann stutzte er.

„Versuchsanordnung beendet. Das gewonnene Serum (702-147) ist äußerst instabil und darf unter keinen Umständen mit der Ausgangsprobe (702-1) in Verbindung kommen. Reaktionstests zeigen, dass eine Mischung aus Probe und Serum zu einer Zerstörung der genetischen Anomalie führt", stand auf dem letzten Blatt des Ordners und war unterzeichnet von Laborleiter Sinclair und Institutsleiter Hottner.

Julien runzelte die Stirn. War es nicht genau das, was Marzia sich von den Untersuchungen erhofft hatte? Ein Mittel, das die Wirkung der *Wahrheit* aufheben würde?

Er schlug den zweiten Hefter auf, in dem auch der Schriftwechsel mit Marzia dokumentiert war. Er blätterte durch die Briefe, aber in der Zeit, in der diese Akte geschlossen worden war, war kein Laborbericht an sie rausgegangen.

Das Knacksen seines Ohrsteckers ließ ihn zusammenzucken.

„Wo zum Teufel steckst du?", fragte Lamar über Funk.

„Ich bin in Laborbereich A. Ich habe hier interessante Unterlagen gefunden. Wo bist du?"

„Im Kryoraum. Hier steht alles voll mit Stahltanks, in denen es den Temperaturanzeigen zufolge schweinekalt ist. Ich denke, wir sind hier richtig."

Julien schlug die Mappen zu und klemmte sie sich unter den Arm, ehe er den Flur entlangrannte.

Lamar hielt ihm bereits die Tür auf und sah missbilligend auf die Uhr.

„Wir müssen uns beeilen, ehe das Sicherheitsteam unsere Anwesenheit bemerkt."

Julien nickte knapp. Gemeinsam traten sie an die mannshohen Kryotanks. Das schwache Licht der Gerätebeleuchtungen und das grüne Schimmern der Notbeleuchtung spiegelten sich in den glänzenden Behältern.

„Sieht aus wie in einem Raumschiff", murmelte Lamar und strich über die kühle Außenhülle eines Tanks.

„Denkst du, sie haben das Elixier auch in so einen Tank gepackt?", fragte Julien, der sich immer noch nicht sicher war, dass das, was sie suchten, sich wirklich hier befand. „Ich habe Nummern – lass uns sehen, ob wir eine Art Sortierung finden", schlug er vor, als es erneut in seinem Ohr rauschte.

„Ich weiß, wo – ja, ja, ich weiß es – glaube ich …", war Cecil zu vernehmen. „… Siebenhundertzwei … müsste … in Tank 16C gelagert sein. Klingt gut, oder? Sechzehn ist meine Glückszahl. Schon immer, Juls, schon immer, nicht wahr?"

„Ja, ja, wie du meinst, Cecil. 16C also?"

„Sag ich doch, sechzehn ... sechzehn ... sechzehn!"

„Dann los!", drängte Lamar und stellte den Funk leiser.

Julien nickte und tat es ihm nach. Dann suchten sie den Tank mit der Nummer 16.

Eine Trittleiter führte seitlich an jedem Tank nach oben, wo sich ein Drehverschluss und zwei Hebel befanden. Den Verschluss zu öffnen, ging leichter als erwartet, und schon im nächsten Moment stieg ihnen eine weiße Stickstoffwolke entgegen. Der kalte Dampf fiel wie Watte zu Boden, und seine Kühle war selbst durch ihre Kleidung zu erahnen.

Ein Drücken am Hebel ließ ein Karussell von kleinen Behältern hochfahren. Hunderte Probenröhrchen schimmerten milchig im eisigen Dunst.

„Welches ist es?", fragte Lamar ungeduldig.

„C steht für die dritte Reihe – nehme ich an."

„Hier ... sieh mal. Siebenhundert ... Siebenhunderteins ... Siebenhundertzwei!"

Lamar wollte nach dem runden Zylinder greifen, in dessen Inneren etliche Glasröhrchen zu erkennen waren, aber Julien hielt ihn zurück.

„Nicht! Das ist viel zu kalt! Du kannst da nicht einfach so hinfassen. Wir brauchen einen ..."

„Da!", unterbrach Lamar Juliens Erklärung. „Schau mal!"

Er deutete auf die Reihe unter dem Behälter mit der Aufschrift 702, wo ein roter Schimmer seine Aufmerksamkeit auf sich gelenkt hatte.

„Zum Teufel, Lamar! Es ist wirklich hier!"

Aufgeregt ließ Julien die Vorrichtung noch ein Stück weiter aus dem Tank fahren. Noch mehr Stickstoff schwappte über den Rand des Tanks, wo er sich sofort in weißen Nebel verflüchtigte.

Lamar sprang von der Leiter und riss eine lange Bahn Einwegpapiertücher aus einem Spender. Bewaffnet mit diesem provisorischen Kälteschutz nahm er vorsichtig Nummer 702 aus der Halterung.

Ehrfürchtig stieg er damit die Stufen hinunter und stellte das Gefäß auf einen der Labortische.

„Nun die Rubine", wies ihn Julien an, der, ebenfalls mit Papiertüchern bewaffnet, den Deckel des Kunststoffbehälters öffnete. Vier Röhrchen mit der Aufschrift 702-1 und eines mit der Aufschrift 702-147 befanden sich darin.

„Instabil" – ging es ihm durch den Kopf, als er das eisige Röhrchen mit dem Serum herausnahm.

Inzwischen kam Lamar erneut die Stufen herunter und legte den ersten Rubin ab.

Er sah sich um, fasste Julien an der Schulter und drehte dessen Funkgerät aus. Dann sein eigenes. Julien sah ihn überrascht an.

„Was ist los?", fragte er, weil Lamar sich nachdenklich das Kinn rieb.

„Ich muss dir eine Frage stellen, Juls", erklärte sein Freund gedehnt. „Eine Frage, die zwar alle betrifft, die ich aber mit dir klären will, ehe wir zu ihnen zurückkehren."

Julien nickte auffordernd.

„Wie soll das weitergehen? Was hast du mit der *Wahrheit* vor, wenn wir sie hier herausgeschafft haben?"

Julien kniff die Lippen zusammen. Das war eine Frage, die ihn selbst seit Tagen beschäftigte. Und nicht nur das. Auch Fay spielte bei seinen Überlegungen eine Rolle. Seine Finger strichen nachdenklich über das Röhrchen mit dem

Serum in seinen Händen: 702-147. Instabil. Wie sollte es weitergehen?

Sein Blick traf den eisblauen Blick von Lamar, und er nickte. In ihrer beider Brust schlug das Herz eines Anführers. Dass Lamar sich so lange seinen Befehlen gebeugt hatte, war ihm immer wie ein großes Geschenk erschienen, denn Juls wusste, was für einen starken, unbeugsamen Charakter sein Freund besaß.

Julien bemerkte, wie sich das Röhrchen in seinen Händen erwärmte.

Ja, es war an der Zeit, eine Antwort auf all diese Fragen zu finden.

BLUT AN DEN HÄNDEN

———◆———

Warum erreiche ich sie nicht? Was ist los? Sag es
mir! Sag schon, sag schon!", forderte Cecil
und riss Fay am Arm. „Wo sind sie? Ich
erreiche sie nicht!"

Fay entwand sich ihm energisch.

„Woher soll ich das wissen? Mir sagt doch keiner was!",
schrie sie zurück. Die Angst um Julien war wie eine Faust,
die sich immer fester um sie schloss, und Cecils hysterisches
Gebrabbel verstärkte diese Beklemmung. „Du bist doch der
mit den ach so genialen Ideen!"

„Ich höre Ironie! Was soll das? Ironie gefällt mir nicht!
Nein, nein!"

„Fick dich! Finde Julien und hör auf mit deinem
Gestammel!", brüllte Fay entnervt und rieb sich die
Schläfen. Ihr Kopf drohte zu platzen, und im Inneren des
Transporters schien kein Sauerstoff mehr vorhanden zu
sein. Sie musste hier raus, aber zugleich fesselte sie die
Angst an Cecil, der als Einziger überhaupt Kontakt zu den
Männern im Inneren des Instituts hatte. Oder nicht hatte,
wie er ihr ja gerade deutlich gemacht hatte.

„Die Wachleute sind schon im Laborbereich A",
murmelte er und sprang von seinem Platz vor dem
Computer auf. „Jemand muss sie warnen – ich vermag es

nicht! Vermag es einfach nicht!"

Er stieß Fay beiseite und riss die Tür des Transporters auf, aber Fischer hatte ihn an der Gurgel gepackt, noch ehe er auf den Gehweg springen konnte.

„Du Narr! Dein Geschrei verrät uns noch!"

Er zerrte Cecil zurück ins Fahrzeug und schubste Fay in Richtung der Tür.

„Lauf! Sag Said, dass es Probleme gibt."

Fay nickte und rannte los.

Plötzlich kam ihr die frische Luft viel zu kalt zum Atmen vor, und sie hatte das Gefühl, als hätte sich die ganze Atmosphäre verändert. Als müsste sie sich ihren Weg regelrecht durch die Luft schneiden, als zöge die Schwerkraft sie unnachgiebig zu Boden, sodass sie ihre Beine kaum anheben konnte.

Und dabei hätte sie sich den Weg ebenso gut sparen können, denn im gleichen Moment wurden mit einem gewaltigen Donnern die Scheiben aus der Fassade gesprengt. Bläuliche Flammen loderten in den Himmel. Dass es Probleme gab – war nun wohl allen klar.

Die Hitze, die Fay mit dem klirrenden Glas entgegenschlug, warf sie zu Boden, während das Echo der Explosion wie ein Erdbeben in ihren Knochen nachhallte.

Atmete sie überhaupt? Fay wusste es nicht, weil alles wie in Zeitlupe ablief. Und dabei registrierte sie nichts von dem, was um sie herum geschah. Sie spürte ihren Herzschlag, fühlte den Aufprall auf dem Asphalt und glaubte sogar, das Reißen ihrer Haut an den Knien zu spüren, so langsam geschah dies. Erst die Jeans, dann die Haut, und am Ende bohrten sich Steinchen tief in ihr Fleisch, sodass sie beinahe am Knochen schabten. Es schien eine Ewigkeit zu vergehen, bis sie sich in der Lage fühlte, auch nur den Kopf anzuheben. Ein Kraftakt, der ihr den Schweiß ausbrechen ließ. Noch immer regneten Trümmerteile auf die Fahrbahn, und noch immer brannte der Himmel. Verspätete Explosionen ließen ihren Herzschlag aussetzen, und giftiger Rauch breitete sich bis zur Themse hin aus. In der Ferne waren schon die Sirenen zu hören.

„Los! Beweg dich!", wurde Fay angeschrien und vom Boden hochgerissen.

Marzia zerrte sie mit sich in Richtung des Transporters. Fischer winkte ihnen hektisch, sich zu beeilen, aber Fay widersetzte sich dieser Entführung.

„Lass mich los! Ich muss zu Julien! Wo ist er? Was ist hier los?"

Sie sah Said in den Eingangsbereich des Instituts stürmen, dann wurde sie herumgerissen. Marzia zerrte sie weiter.

„Dumme Kuh! Als könntest gerade du ihm helfen! Glaub mir, diese Männer brauchen dich nicht!"

Damit stieß sie Fay erneut, und schließlich riss Fischer sie in den Transporter. Marzias Worte hämmerten laut in ihrem Kopf, und sie wischte sich verstohlen eine Träne aus dem Auge. Sicher, die Italienerin hatte recht. Sie war Julien keine Hilfe, egal, wie sehr sie es sich wünschte. Wem machte sie hier eigentlich etwas vor? Sie gehörte hier nicht her. Die Hüter waren unsterblich. Julien war unsterblich! Er würde nie mit ihr alt werden, würde nie eine Zukunft mit ihr haben können. Cruz hatte ihr versichert, dass die Nebelmänner immer wieder verschwanden – spurlos. Wollte sie darauf warten, dass er ihr das Herz aus der Brust riss, indem er sie von sich wies? Indem er sie verließ?

Sie kauerte zitternd vor Angst im Heck des dunklen Wagens und wusste nicht, was sie mehr fürchtete. Dass

Julien etwas zugestoßen sein könnte oder dass er zu ihr zurückkehrte, nur um sie dann fortzuschicken, sobald er ihrer Gesellschaft müde war?

Fischer brüllte Befehle in sein Headset, und Cecil rieb sich hysterisch mit der verbliebenen Hand übers Gesicht. Marzia bewahrte als Einzige die Haltung. Sie beobachtete konzentriert, was sich am Eingang des Gebäudes tat. In ihren dunklen Augen spiegelten sich die Flammen.

Fay bekam Gänsehaut.

„Du scheinst dir wenig Sorgen zu machen!", forderte Fay sie zornig heraus.

Marzia sah sie nur kurz an, als wäre sie es nicht wert, genauer betrachtet zu werden.

„Stimmt. Ich mache mir keine Sorgen. Das Feuer ist ein sehr gutes Zeichen. Es regelt hoffentlich die Dinge, die außer Kontrolle geraten sind."

„Was meinst du damit?"

„Erst als Rom brannte, herrschte dort wieder Ordnung." Im Halbdunkel des Wagens sah Fay Marzia kurz lächeln. „Das einzige Mal in unserem langen Leben, dass ich den Wanderer etwas Gutes tun sah."

Fay kämpfte sich auf die Beine und trat zu ihr.

„Du bezeichnest den Brand Roms als etwas Gutes?", fragte sie ungläubig.

Marzia lachte kalt.

„Die Verbreitung der *Wahrheit* – die Geburt tausender Menschen aus Nebel – das wäre ein weit größeres Übel gewesen. Dass es dem Wanderer Lust bereitet hat, die Stadt in Flammen aufgehen zu lassen, ist eine andere Sache."

„Warum Feuer?"

„Weil Körper nötig sind, um wiedergeboren zu werden. Die Flammen haben die Körper der Menschen zerstört, die mit der *Wahrheit* in Kontakt gekommen waren. Deshalb konnten sie nicht wiederkehren. Auch hier wird das Feuer für Ordnung sorgen und das Elixier vernichten. Es ist leicht flüchtig, sobald es nicht mehr durch den Rubin geschützt ist."

Fischers Männer kamen aus dem Gebäude gestürmt. Schüsse fielen. Said kam geduckt heraus und hielt sich schmerzverzerrt den Oberarm.

„Festhalten!", brüllte Fischer und steuerte den Wagen mit quietschenden Reifen quer über die Fahrbahn zum Eingang.

Die Gardisten hatten davor Stellung bezogen und erwiderten das Feuer auf die Wachleute.

Marzia riss die Tür auf und half Said, einzusteigen.

„Was ist da los?", fragte sie.

„Matteo ist noch drin. Er hat sich hinter dem Empfangstresen verschanzt und gibt Lamar und Juls Rückendeckung. Allerdings gab es Funkprobleme, die jetzt aber behoben sind. Sie stehen in Kontakt. Den beiden geht es gut, aber das Feuer breitet sich aus. Sie sollten sich beeilen."

Gerade, als Said das sagte, rannte Lamar aus dem Gebäude, dicht gefolgt von Matteo und Julien.

Fay atmete erleichtert aus. Das erste Feuerwehrfahrzeug bog um die Ecke – es war höchste Zeit, hier zu verschwinden.

Sie sprang aus dem Wagen und rannte Julien entgegen, als dieser von einem Schuss zu Boden gerissen wurde. Fays gellender Schrei ließ Lamar sich umdrehen, und obwohl ihn eine halbe Fahrbahnbreite von ihr trennte, war sein Fluch klar zu vernehmen.

Er kniete schon neben Julien, als Fay ihn erreichte. Das

Haar hing Julien in die Augen, und Ruß bedeckte sein verschwitztes Gesicht. Für eine weitere Bestandsaufnahme blieb ihr keine Zeit, denn Lamar drängte sie beiseite.

„Hilf mir!", rief er und hob seinen Freund auf. Auf ihrer beider Schultern gestützt, schleppten sie den Bewusstlosen in Richtung des Transporters.

Julien war schwer. Er hing vollkommen kraftlos in ihren Armen, und Fay hatte Mühe, ihn zu halten. Sie schob ihren Arm unter seinen Mantel, um ihn besser packen zu können, als sie etwas Feuchtes ertastete. Sie zog ihre Hand zurück und starrte entsetzt auf das Blut an ihren Fingern.

„Lamar!", keuchte sie und verstand dabei nicht, was sie eigentlich sah. Denn, was sie sah, war unmöglich.

„Lamar, Julien blutet!", stotterte sie erschrocken.

Lamars eisiger Blick bohrte sich in ihre vor Angst geweiteten Augen.

„Ich weiß."

DIE ENTSCHEIDUNG DER HÜTER

———————◆·———————

D as malerische Cottage, das Cruz auf die Schnelle nur eine Meile außerhalb von London gemietet hatte, bildete einen optischen Gegensatz zu dem, was sich in seinem Inneren abspielte.

Blutige Tücher lagen verstreut im gemütlichen Wohnzimmer mit der bläulichen Blümchentapete. Die Vorhänge waren zugezogen, und bewaffnete Gardisten hielten vor der Tür im beschaulichen Rosengarten Wache, während Cruz eine Kugel aus Juliens Rücken operierte. Dessen Schmerzensschreie hätten vermutlich selbst das Läuten des Big Ben übertönen können. Said und Matteo hielten ihn auf dem azurblauen Webteppich gefangen, damit Cruz ihm helfen konnte. Fay fühlte sich nutzlos, und noch immer konnte sie nicht begreifen, was eigentlich los war.

Nebelmänner bluteten nicht – also warum blutete Julien?

Niemand hatte bisher über das gesprochen, was sich im Institut zugetragen hatte, aber es lag eine merkwürdige Anspannung in der Luft.

Als Cruz die Kugel aus Juliens Rücken entfernt hatte, die Wunde sauber verbunden war und Julien in einen erschöpften Dämmerzustand geglitten war, atmeten alle erleichtert durch.

Cruz stand auf und ging in die Küche, wo er sich unter dem nostalgischen Wasserhahn das Blut von den Händen wusch. Fay folgte ihm und lehnte sich an die Arbeitsplatte.

„Cruz? Weißt du, was hier los ist? Warum blutet Julien?"

Schweigend sah er sie an. Die Muskeln an seinen Oberarmen zuckten, als er sich abtrocknete. Zärtlich strich er Fay über die Wange.

„Juls blutet für dich. Lass ihn erklären, wenn er dazu in der Lage ist. Wir sind alle verwirrt, aber Lamar sagt, es ist an Julien, uns alles zu erklären."

Julien hielt die Augen geschlossen. Er war seit einigen Minuten wach, aber er fühlte sich noch nicht in der Lage, sich seinen Brüdern zu stellen. Darum lauschte er den leise gemurmelten Gesprächen im Haus.

„In der Morgenzeitung steht, dass Hottner bei der Explosion starb", hörte er Matteo flüstern.

„Wenn er wirklich das Oberhaupt der Bruderschaft war, ist das vielleicht sogar besser", beteiligte sich Cruz am Gespräch.

„Ohne Geldgeber wird die Bruderschaft in sich zusammenfallen", spekulierte Louis.

Nach und nach glaubte Julien, die Stimmen aller zu erkennen, was ihn erleichterte, da er nicht wusste, wie er den Verlust eines weiteren Freundes hätte verkraften sollen. Schon jetzt lastete die Schuld schwer auf ihm, und er gestand sich einen Moment zu, in dem er an Gabriel, Arjen, Claudio und Arnulf dachte. Seine Begleiter durch all die Jahrhunderte.

Doch in diesem Moment, wo er selbst verwundet und

schwach war, glitten seine Gedanken immer wieder zu der einen Entscheidung, die er getroffen hatte.

Still, aber präsent fühlte er das Glück in seinen Adern rauschen, fühlte eine Lebendigkeit, die nicht zu seiner Schwäche, aber zu seinen Hoffnungen passte. Er konnte es zum ersten Mal seit über neunhundert Jahren nicht erwarten, dass der nächste Tag kam. Ein Tag, der ihm gehörte – und der Frau, die er liebte.

Mit aller Entschlossenheit, diesen nächsten Tag auch in vollen Zügen genießen zu können, setzte er sich auf. Die Schmerzen, die ihn von den Schulterblättern aus abwärts zu lähmen schienen, rang er mit purer Willenskraft nieder.

Alle Augen waren auf ihn gerichtet, und Fay eilte an seine Seite, um ihn zu stützen.

„Julien, bleib liegen! Hast du starke Schmerzen?"

„Geht so."

Er drückte ihr beschwichtigend die Hand und küsste sie sanft auf die Wange, ehe er seinen Blick reihum über seine Männer schweifen ließ.

In allen Gesichtern las Julien die gleiche Frage, und auch Fay schien unruhig auf eine Erklärung zu warten.

Ihre Hand in seiner war kalt vor Anspannung, aber er wandte sich zuerst an Lamar.

„Danke, Bruder, dass du es nie leid wirst, mir das Leben zu retten."

Der grinste breit.

„Woher willst du wissen, ob ich es nicht leid bin?"

Er kam zu Julien und legte ihm freundschaftlich die Hand auf die Schulter. „Aber du solltest endlich allen sagen, warum ich dich dieses Mal überhaupt retten musste."

Julien nickte.

„Lamar und ich … wir waren gezwungen, einige

Entscheidungen zu treffen. Entscheidungen, die uns nicht leicht gefallen sind, aber wir hoffen, damit im Interesse der Menschheit gehandelt zu haben."

Unter Schmerzen erhob er sich, Fays Protest ignorierend. Als er endlich vor ihnen stand, sprach er weiter.

„Wie ihr wisst, haben sich die Zeiten geändert. Die Bedrohung für die *Wahrheit* ist in den letzten Jahren immer größer geworden. Wir haben Jahrhunderte lang abgewartet, ob die Lüge der Christenheit ein Schaden oder ein Segen für die Welt ist, und waren uns immer einig, dass wir den Menschen nach all der Zeit die Augen nicht mehr öffnen sollten. Dies würde einen unvorstellbaren Glaubenskrieg entfesseln."

Sein Blick glitt zu Marzia.

„Obwohl wir uns nie vertrauen konnten, verfolgten wir ähnliche Ziele. Trotzdem war es am Ende dieses mangelnde Vertrauen, das uns erst in Bedrängnis gebracht hat. Unsere Feinde kommen uns näher, und wir können nicht länger garantieren, die *Wahrheit* ausreichend schützen zu können, wie uns der Wanderer, aber auch die Bruderschaft – allen voran Hottner – gezeigt haben."

Julien strich sich wie immer diese eine widerspenstige Strähne aus den Augen und zuckte unter dem Schmerz der Bewegung zusammen.

„Als Lamar und ich gestern die drei Rubine aus dem Labor zurückholten, sahen wir uns unter all diesen Aspekten also gezwungen, eine Entscheidung zu treffen."

Lamar nickte ihm aufmunternd zu.

„Die beste Möglichkeit, die Entdeckung der *Wahrheit* zu verhindern, einen Missbrauch des Elixiers und der darin enthaltenen Kräfte zu verhindern – besteht darin, es für immer zu vernichten."

Die Hüter sogen scharf die Luft ein. Matteo stieß einen Pfiff aus, und Said trat erregt einen Schritt vor. Aber Lamar hob beschwichtigend die Hände, und Julien beeilte sich, weiterzusprechen.

„Wir haben unser Leben dem Schutz der *Wahrheit* gewidmet, und dieser Kampf hat uns in den letzten Wochen treue Freunde und gute Krieger gekostet. Ihr alle seid immer meinem Befehl gefolgt, und nun bitte ich euch, mir auch dieses Mal zu vertrauen."

Julien sah in jedes einzelne versteinerte Gesicht seiner Brüder.

„Die Welt wird niemals bereit sein, die Wahrheit zu verkraften. Stattdessen wird es nur immer mehr Menschen wie Hottner geben, die sich an der Kraft des Elixiers bereichern wollen. Wir haben unsere Aufgabe gut gemacht, Männer. Wir haben drei Rubine in unseren Besitz gebracht … und zerstört. Lamar und ich haben gestern die Macht des Feuers genutzt, die Welt von dieser Gefahr zu befreien."

„Aber was sollen wir jetzt tun? Was sollen wir mit der Ewigkeit, die uns noch bleibt, anfangen – jetzt, wo wir unserer Mission beraubt sind?", fragte Louis verwirrt.

Julien trat zu Fay und zog sie eng an seine Brust. Er hauchte ihr einen Kuss auf den Scheitel und lächelte dann Louis wieder an.

„Es gibt noch genug zu tun. Wer weiß, ob es nicht noch mehr Rubine gibt? Noch immer müssen wir herausfinden, was der Ursprung dieses Elixiers ist, und verhindern, dass – sollte es noch weitere Steine geben – diese in die falschen Hände geraten oder sich dort befinden. Lamar wird euch führen und den Weg in die Ewigkeit weisen. Ihr werdet weiterhin gebraucht."

„Warum sollte uns Lamar anführen?", fragte Cruz irritiert.

Julien griff Fays Hand und sah ihr tief in die Augen. Was er nun sagte, galt vor allem ihr.

„Mein Leben widme ich nicht länger der *Wahrheit*. Mein Leben gehört nun Fay. Hottner ist es gelungen, ein Serum herzustellen, das die Wirkung des Elixiers aufhebt."

In dem auf diese Offenbarung folgenden Chaos versuchte Fay, den Sinn des eben Gehörten zu erfassen.

Juliens Blick ruhte liebevoll auf ihr, aber sie verstand nicht, was das zu bedeuten hatte.

Sollte das etwa heißen …

Sie hörte Juliens Antworten auf die Fragen seiner Brüder wie aus weiter Ferne.

„… das Serum soll sehr instabil sein, darum bestand keine andere Möglichkeit, es unbeschadet aus dem Labor zu schaffen. Womöglich kann es uns gelingen, den Wirkstoff aus meinem Blut auch wieder herauszulösen."

„Soll das bedeuten, du bist nicht länger unsterblich?", fragte Said und deutete dabei auf Juliens blutverkrusteten Verband, der quer über seine nackte Brust verlief.

Fay sah nur Juliens Grinsen.

„Wir wussten nicht, ob und wie das Serum wirklich wirken würde – erst, als ich angeschossen wurde, war mir klar, dass es hielt, was der Laborbericht versprochen hatte."

„Es hätte dich umbringen können!", rief Louis verständnislos.

„Das hätte es. Aber es war die einzige Möglichkeit es zu bewahren."

Julien schlug Lamar auf die Schulter und drängte ihn in die Mitte des Raumes.

„Beruhige deine Männer, Lamar – denn, wie es scheint, herrscht Verwirrung in deiner Truppe." Er küsste Fays Hand und zog sie mit sich die Treppe hinauf. „Ich habe nämlich zu tun."

Noch immer total perplex und überfordert mit dem, was sie im Wohnzimmer gehört zu haben glaubte, lief Fay hinter Julien her.

Sie folgte ihm blind in ein Zimmer, das dem in Alessas Häuschen in Rom gar nicht unähnlich war. Gehäkelte Spitzendecken auf dem Nachttisch und ein Bett mit geblümtem Überwurf. Das morgendliche Sonnenlicht flutete den kleinen Raum, als Julien sie neben sich aufs Bett zog.

„Julien ... was ..."

Er legte ihr den Finger auf die Lippen.

„Glaube nicht, ich hätte es nur wegen des Serums getan, Fay", flüsterte er, bevor er sie zärtlich küsste. „Schon als ich zum ersten Mal dein flammendes Haar berührt habe, wusste ich, dass ich dich haben will. Für mich. Für immer."

Seine Lippen wanderten ihren Hals hinab, zu ihrer Kehle und weiter zum Schlüsselbein.

Fay konnte nicht denken. Zu köstlich waren die Gefühle, die Juliens Worte in ihr weckten, zu verlockend die Vorstellung eines gemeinsamen Lebens.

„Was bedeutet das, Julien?", fragte sie atemlos. „Bist du denn jetzt ... wieder sterblich? Hast du wirklich deine Unsterblichkeit aufgegeben?"

Julien lachte, und sein Brustkorb vibrierte unter ihren Händen.

„Ich habe nichts aufgegeben, Fay. Ich habe mir

stattdessen etwas genommen. Ein Leben – ein echtes Leben, mit dir. Ich will alles, was Menschen, die sich lieben, miteinander teilen – auch mit dir teilen. Glück, Erfüllung, Zufriedenheit. Aber auch Krankheit, das Alter … und Familie."

Fay schob ihn ein Stück von sich und fuhr sich durchs Haar.

„Das bedeutet, du wirst altern?"

Er kam wieder näher und schob seine warmen Hände unter ihr Shirt.

„Das werde ich", murmelte er gedankenversunken, während er ihre Taille umfasste.

„Und du wirst sterben?"

Seine Hände wanderten höher, schoben das Shirt über ihre Brüste. Er beugte sich noch näher zu ihr.

Sein Atem strich über ihre Haut.

„Hoffentlich nicht so bald. Auch wenn die Schmerzen in meinem Rücken wirklich brutal sind."

Fay keuchte, als er seine Zunge über ihre Brust wandern ließ.

„Ich habe so viele Fragen, Julien …"

Er grinste breit und öffnete ihre Hose.

„Ich bin Julien Colombier, ehemaliger Hüter einer mächtigen Reliquie, und ich habe mit Freuden die Ewigkeit gegen ein Leben mit dir eingetauscht." Er zwinkerte ihr verführerisch zu. „… ich bin vierunddreißig Jahre alt, was sich wohl nun bald ändern wird, … und bis über beide Ohren in dich verliebt, Fay." Sein Grinsen wurde breiter, als er sich auf sie schob. „Und ich schwöre dir, bei allem, was mir heilig ist, du sollst deine Antworten bekommen … nachher."

Fay schloss die Augen und ließ ihre Hände über den

bandagierten Rücken des Mannes gleiten, den sie liebte. Ganz behutsam zog sie ihn neben sich. Er hatte recht. Zeit für Antworten blieb noch genug, denn nun begann ihre Ewigkeit.

Alles, was du begehrst

Chloé drehte sich vor dem Spiegel. Das weiße bodenlange Brautkleid war mit Tausenden Kristallen bestickt, die im späten Abendlicht silbern funkelten. Ihre dunklen Locken hatte die Dienerin zu einem kunstvollen Zopf geflochten, der ihren Hals betonte. Gedankenversunken strich sie über die blassblauen Würgemale, die ihr Geliebter in den letzten Tagen dort hinterlassen hatte.

Eine schimmernde Perlenkette hatte er es genannt, als er ihr genüsslich die Finger um den Hals gelegt und zugedrückt hatte.

Sie fand, sie sah perfekt aus – für den Anlass.

Als sie sich erneut schwungvoll drehte, erblickte sie ihn in dem Moment, als er sie am Arm packte.

„Süße Chloé", flüsterte er und presste sie an sich.

Sie fühlte die Härte in seiner Hose, die ebenfalls dem Anlass entsprechend sehr vornehm geschnitten war. Kein Leder – dafür der vertraute Pelz an seiner Weste.

„Du siehst sündhaft jungfräulich aus. Etwas, das wir dringend ändern sollten", raunte er, raffte ihren langen Rock nach oben und schob seine Hand zwischen ihre Beine. Wie er es verlangt hatte, trug sie nichts darunter, was ihn seinem Ziel deutlich näher brachte.

Chloé ließ sich willig gegen ihn sinken und spreizte ihre Schenkel für ihn.

„Du hast gesagt, du gibst mir, was ich begehre!", keuchte sie und presste ihre Hand auf seinen Schritt.

Sein kaltes Lachen hallte von der hohen Decke wieder, und er schob sie von sich.

„Du bist ungeduldig, meine Liebe. Dabei habe ich zuerst ein Geschenk für dich. Du wirst es brauchen."

Er schnippte mit dem Finger, und Musik ertönte. Klassische Musik. Dazu sprang der riesige Fernseher an und zeigte Aufnahmen von ihnen beiden im Spiegelzimmer. Selbst ohne Ton klangen Chloé ihre Schmerzensschreie noch im Ohr, und zugleich fühlte sie ihr Verlangen erwachen, als sie sah, was er mit ihr gemacht hatte.

Langsam knöpfte er seine Weste auf und ging um sie herum. Er packte ihre Kehle und hauchte einen Kuss auf ihren Nacken. Sein Griff war hart – unnachgiebig, erstickend.

„Schließ die Augen", verlangte er und griff in die verborgene Innentasche seiner Weste.

Chloé tat es und rang nach Luft, als sie etwas Kaltes in den Ausschnitt ihres Kleides gleiten fühlte.

Er gab ihren Hals frei, umfasste stattdessen von hinten ihre Brüste, zwischen denen Chloé nun einen tiefroten Anhänger baumeln sah.

„Was ist das?", fragte sie und nahm den Rubin an der Kette zwischen ihre Finger. Enthielt der Stein das, was sie glaubte?

„Ich halte mein Versprechen", flüsterte er.

Chloé zuckte zusammen und wollte sich befreien, aber er kam ihr nach. Er verneigte sich spöttisch, als sich wie von selbst die Tür zum Spiegelzimmer öffnete.

Egal, mit welcher Sicherheit sie ihre Entscheidung für den Wanderer getroffen hatte – diesen Raum fürchtete sie.

„Welches Versprechen? Was meinst du?"

Er stieß sie durch die Tür und sogleich vervielfachte sich jede ihrer Empfindungen durch die hundertfache Wiederholung in den Spiegeln. Es gab kein Entkommen, das war ihr klar. Sie hatte ihre Wahl getroffen. Panisch umklammerte sie den Rubin, als sein erster Schlag sie niederstreckte. Ihre Lippe platzte auf, und Blut tropfte auf ihr schönes Kleid.

Ein Anblick, der seine Erregung zu steigern schien.

„Kennst du noch die Regeln?", fragte er leise und kniete neben ihr nieder. Sein Daumen strich zärtlich über ihre Lippe, ehe er ihr Blut genüsslich von seinem Finger leckte.

„Sieh mich an – wenn ich dich schlage!" Er holte aus und traf sie hart am Kiefer, ehe sie auf den schwarzen Fließen aufschlug.

Chloés Lunge krampfte. Die Panik nahm ihr den Atem, und der rettende Rubin in ihrer Faust war vergessen, als er mit einem Ruck ihr Kleid vom Hals bis zu den Knien aufriss.

Etliche Kristalle lösten sich und regneten wie Tränen zu Boden, als er sich auf sie stürzte.

„Sieh mich an – wenn ich dich ficke!" Seine Hände drückten auf ihre ohnehin viel zu enge Kehle, als er ihr die Unschuld nahm. Chloé spürte den Schmerz zwischen ihren Schenkeln. Sie spürte ihr Blut warm zwischen ihren Beinen herauslaufen und wusste, das musste ihn rasend machen, denn ohne Rücksicht darauf, dass sie glaubte zu zerreißen, nahm er sich, was er sich und ihr so lange vorenthalten hatte. Ihr Kleid war nicht länger jungfräulich weiß, und der

Rubin zwischen ihren Brüsten nicht länger das einzig Blutrote an ihrem Körper. Chloé kämpfte um ihr Leben, als er ihr mit jedem seiner Stöße den Atem aus der Lunge presste.

„Sieh mich an ...", keuchte er mit vor Erregung rauer Stimme, als seine Bewegungen immer schneller und härter wurden, „... wenn ich dich töte!"

Sie wollte es tun. Wirklich. Sie wollte seine Regeln befolgen. Aber, als sich ihre Lust und ihre Qual im Höhepunkt der Ekstase brachen, explodierte ihre Lunge, und es wurde schwarz um sie herum. Ihre Augen schlossen sich.

———————◆———————

Er lag auf ihr. Der unvergleichliche Duft von Blut, Lust und Angst entstieg jeder ihrer Poren, und mit geschlossenen Augen leckte er die silberne Tränenspur von ihrer blassen Wange.

Sie war so schön. So zerstört. Ihre kränkliche Haut, die durch den Sauerstoffmangel beinahe bläulich wirkte, und ihre weit geöffneten Lippen berauschten ihn. Noch nie zuvor hatte er so eine Perfektion gesehen. Der glänzende Rubin zwischen ihren Brüsten fesselte seinen Blick.

Sein Trumpf. Als er im Jahre 1900 den Stein dem Abbé, dem Priester der kleine Kirche im französischen Örtchen Rennes-le-Château, für mehr als nur ein kleines Vermögen abgekauft hatte, ahnte er, dass ihm dieser Stein irgendwann nützlich sein würde. Der Stein, den der alte Josef von Arimathäa nach seiner Haft in Jerusalem bis nach Europa gebracht hatte und um den sich so viele Legenden rankten. Gralslegenden. Niemand wusste davon, weder die Hüter, noch Marzia. Und das war gut so.

Der Wanderer lächelte kalt und schüttelte diese alten Geschichten ab. Das Einzige was zählte, war Chloé. Ihr Blut und ihr wunderschönes Sterben!

Perfekt schimmerte der tiefrote Stein auf Chloés blasser Haut.

Nicht einmal Marzia war ihm je so perfekt erschienen. Und er wollte in diesem Moment auch nicht an die verräterische Sklavin denken. Sie hatte ihm den Spielzug verdorben, indem sie sich mit Julien Colombier und seinesgleichen zusammengetan hatte. Aber damit war das Spiel ja noch nicht verloren.

Er rieb seine Wange an Chloés Lippen. Spürte das Blut ihrer aufgeplatzten Lippe auf seiner Haut und ließ seine Zunge tief in ihren Mund gleiten. Ihr Blut, es berauschte ihn, aber er wusste, es würde versiegen, wenn er wirklich seinen Trumpf ins Spiel bringen würde. Er nahm den Rubin in die Hand.

Sein Spiel war unendlich. Er wäre nicht der Spielmacher, wenn er auf Colombiers Kooperation in Rom vertraut hätte. Es hatte ihn nicht überrascht, dass der Rubin, den man ihm da überlassen hatte, leer gewesen war. Aber er hatte ja seine eigenen Asse im Ärmel, denn schließlich war es sein Spiel.

Er fühlte seinen Schwanz erneut anschwellen, und obwohl er wusste, ihm blieb nicht viel Zeit, strich er genussvoll über ihre flachen Brüste und ihren hervortretenden Rippenbogen. Sie war so mager, er könnte ihr jeden Knochen einzeln brechen, nur durch die kleinste Bewegung.

Sie war perfekt – und für immer sein. Seine Sklavin.

Er riss ihr die Kette mit einem Ruck ab, der einen

blutigen Striemen in ihrer Halsbeuge hinterließ, und öffnete den kaum erkennbaren Verschluss des Rubins.

Er freute sich auf weitere Spiele, als er das Elixier auf Chloés Lippen tropfen ließ.

Die Dunkelheit würde Chloé verschlingen, aber schon mit dem Sonnenaufgang würde der Nebel sie ihm wiederbringen.

Er hob den Kopf und sah sich selbst und seine neue Gefährtin in hundertfacher Wiederholung in den Spiegeln. Ihr blutbeflecktes Brautkleid bauschte sich um sie beide und vereinte sie in ihrem Tod.

Zu gerne hätte er ihre Augen gesehen, wenn das Leben erlosch, aber wann hatte sie sich ihm je widerstandslos gebeugt?

Er küsste ihre blauen Lippen und zog sich widerstrebend zurück. Zärtlich strich er ihr eine blutverklebte Strähne von der Wange und wusste – seinen Trumpf für diese Frau zu verwenden, war eine gute Investition.

Trotzdem verschloss er den Rubin sorgfältig, in dessen dunkler Mitte noch mehr *Wahrheit* verborgen war, als die Menschheit vertragen konnte.

Doch manches Spiel war einfach zu verlockend, als dass es jemals enden sollte.

ENDE

Lesen Sie auch den Auftakt zu Emily Bold's Schottland-Trilogie:

Vanoras Fluch
The Curse 1

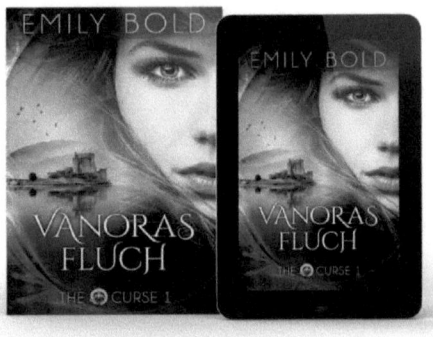

„…der Roman entwickelt einen gewaltigen Lesesog, dem man sich nicht entziehen kann. Unbedingt lesen!"
Manjas Buchregal

Emily Bold wurde 1980 in Mittelfranken geboren, wo sie auch heute noch mit ihrem Mann und ihren beiden Töchtern lebt. Sie schreibt Liebesromane, Paranormal Romance und Jugendbücher und blickt mittlerweile auf vierzehn deutschsprachige sowie sechs englischsprachige Bücher und Novellen zurück, die den Lesern viele romantische Stunden, und Emily Bold eine begeisterte Leserschaft beschert haben. Roman Nr. 15 ist bereits in Arbeit.

Über das Schreiben sagt sie: „Schreiben ist für mich Entspannung, Passion und Leidenschaft. Mit meinen eigenen Worten neue Welten und Charaktere zu erschaffen ist einfach nur wundervoll."

„Ein Kuss in den Highlands" ist nach „Klang der Gezeiten" Emilys zweiter zeitgenössischer Liebesroman.

Emily freut sich über Post von ihren Lesern – schreiben Sie ihr: kontakt@emilybold.de oder besuchen Sie Emily im Web: emilybold.de und thecurse.de.

BÜCHER VON EMILY BOLD

Fan werden! facebook.com/emilybold.de